坊っちゃん

푸른숲
징검다리
클래식
023

# 도련님

## 坊っちゃん

나쓰메 소세키 지음
양억관 옮김

푸른숲주니어

# '푸른숲 징검다리 클래식'을 펴내며

어린 시절, 할머니께서 조근조근 들려주시던 옛날이야기는 새로운 세상과 통하는 작은 창이었다. 상상의 날개를 달고 떠나는 창 너머 세상으로의 여행은 들어도 들어도 질리지 않는 재미와 마음속 깊은 곳을 울리는 감동을 선사해 주곤 했다. 그뿐 아니라 우리의 삶을 어떻게 꾸려 가야 하는지 곰곰이 생각해 보게 하는 지혜를 가르쳐 주었다. 말하자면 우리는 그 이야기들을 통해 '삶'을 배운 셈이다.

우리가 문학 작품을 읽어야 하는 까닭 또한 '삶을 배운다'는 점에서 크게 다르지 않다. 우리는 한 편 한 편의 문학 작품을 만나 사랑을 배우고, 우정을 배우고, 진실을 배우고, 지혜를 배운다.

그런 점에서 '푸른숲 징검다리 클래식'은 참 의미가 깊다. 오랜 세월을 거치며 각 나라의 문학사에 확고히 자리매김한 작품들을 한데 모았기 때문이다. 문학을 사랑하는 사람들이 즐겨 읽어 세계적인 명저로 일컬어지는 작품들……. 이를테면 우리 부모 세대, 아니 그 이전 세대부터 즐겨 읽었던 작품들로 많은 이들에게 삶의 의미와 가치를 일러주고, 또 '인생'이란 망망대해에서 등대 역할을 담당했던 것들이다.

세월이 흘러 사람들이 사는 모습도 달라지고 생각도 달라졌다. 그러나 시대와 장소를 뛰어넘어 변하지 않는 것이 있다. 바로 '삶'이다. 사람이 있는 곳이라면 어디든지 존재하는 삶은 항상 저마다의 무게를 떠안고 있다. 그 무게는 진실이라는 옷을 입고 문학 작품 속에 영원한 생명을 불어넣는다. 우리는 그것을 '고전'이라 부른다.

그러나 제아무리 훌륭한 고전이라 해도 독자가 읽고 소화할 수 없다면 아무런 소용이 없다. 지나치게 방대한 분량과 길고 어려운 문장은 책을 읽으려는 청소년들의 의지를 꺾을 뿐 아니라 좌절감마저 불러일으킨다.

'푸른숲 징검다리 클래식'은 바로 그러한 점을 염두에 두고 기획된 세계 명작 시리즈이다. 작품이 본디 지닌 맛과 재미를 고스란히 살리면서 우리 청소년들이 읽고 소화하기 쉽게 글을 다듬었다.

그리고 본문 뒤에는 현직 국어 교사들이 직접 쓴 해설을 붙였다. 작가나 작품에 대한 풍부한 설명은 물론, 그 작품들이 지니고 있는 현재적 의미까지 상세하게 짚어 보이고 있다. 아울러 해설 곳곳에 관련 정보를 담은 팁과 시각 자료를 배치해, 읽는 재미를 넘어 보는 재미까지 만끽할 수 있도록 했다.

아무쪼록 '푸른숲 징검다리 클래식'을 통해 우리 청소년들의 삶이 더욱더 깊고 풍성해지기를…….

2006년 4월
기획위원 강혜원·천송옥·송수진

| 차례 |

# 제 1 장
# 나의 유년 시절

나는 어릴 적부터 대책 없는 성격 때문에 이만저만 손해를 본 게 아니다. 초등학교 때 이층에 있는 교실의 창문에서 뛰어내렸다가 허리를 삐어서 일주일이나 드러누운 적이 있다. 왜 그런 터무니없는 짓을 했느냐며 고개를 갸우뚱하는 사람도 있을 거다.

별다른 이유는 없다. 새로 지은 교사(학교 건물.―옮긴이) 이층 창문으로 고개를 내밀고 있는데, 아래쪽에서 동급생 하나가 장난삼아 이렇게 놀려 대었다.

"야, 너 세다고 맨날 까불어 대던데 거기서 한번 뛰어내려 보지? 이 겁쟁이!"

그래서 그냥 뛰어내렸다.

아버지가 학교 사환(잔심부름을 하는 사람.─옮긴이) 등에 업힌 채 나타난 나를 보고 눈을 부라리며 호통을 쳤다.

"세상에, 친구가 그런 말을 한다고 진짜로 이층에서 뛰어내리는 놈이 어디 있느냐?"

그래서 나는 다음에는 절대로 허리를 삐지 않고 뛰어내리겠노라고 답해 주었다.

어느 날 친구들을 모아 놓고 친척에게 선물 받은 미제 칼의 번쩍이는 날을 햇빛에 비추어 보이며 자랑을 늘어놓았다. 그러자 그중 한 녀석이 번쩍이기는 한다만 잘 드는지는 모르겠다며 퉁을 주는 게 아닌가. 나는 당연히 잘 든다고 큰소리를 치고선 정색한 얼굴로 으름장을 놓았다.

"뭐든 다 간단히 잘라 버릴 수 있다고!"

"그럼 네 손가락이나 한번 잘라 보시지!"

"흥, 손가락 정도야 암것도 아니지."

나는 곧바로 오른손 엄지손가락을 비스듬히 그어 버렸다. 다행히 칼이 작은 데다 손가락뼈가 단단해서 아직까지 내 손에 붙어 있긴 하다. 그러나 죽을 때까지 지워지지 않을 흉터를 남기고 말았다.

우리 집 마당에서 동쪽으로 스무 걸음쯤 걸어가면, 남쪽으로 살짝 경사진 자리에 텃밭이 있었다. 그 한가운데에 밤나무 한 그루가 서 있었는데, 내게는 목숨보다 더 소중한 것이었다. 밤

톨이 토실토실 영글어 아래로 툭 떨어지면, 뒷문으로 나가 그걸 주워서 까 먹는 재미가 여간 만만치 않았다.

그 텃밭이 서쪽으로는 '야마시로야'라는 전당포 집의 마당과 이어졌는데, 그 집에 간타로라는 열서너 살 쯤 된 아들이 하나 있었다. 한마디로 간타로는 찌질이였다. 그런 주제에 감히 밤에 대한 유혹을 떨치지 못하고, 대나무로 얼기설기 얽은 울타리를 넘어와서 슬쩍해 가곤 했다.

나는 어느 날 저녁나절에 문 뒤에 숨어 있다가 기어이 범인을 붙잡았다. 막다른 골목으로 내몰린 간타로는 더 이상 도망칠 수 없다는 것을 알아차리고는 내게 엉겨 붙었다. 사실은 그쪽이 두 살 위였다. 찌질하지만 힘은 세었다.

간타로가 커다란 머리를 내 가슴에 박고 마구 밀어붙이다가 그만 찍 미끄러지는 바람에 내 윗도리의 풍덩한 소매 속으로 쑥 들어가고 말았다. 그 통에 팔을 움직일 수가 없어서 마구 흔들 었더니, 소매 속 간타로의 머리도 덩달아 좌우로 흔들렸다. 녀 석은 숨이 막혔는지 내 두 팔을 손톱으로 후벼파며 움켜잡았다. 나는 너무 아파서 녀석을 울타리로 밀어붙이고는 안다리걸기를 해서 저편으로 휙 넘겨 버렸다.

전당포 집 마당은 우리 밭보다 이 미터 정도 낮았다. 간타로는 대나무로 얽은 울타리를 반쯤 무너뜨리고는 자기 집 마당에 거 꾸로 처박힌 채 끄응, 하고 신음 소리를 냈다. 그때 녀석의 머리가 박혔던 내 소매도 같이 떨어져 나갔다. 결국 그날 밤에 어머니가 전당포 집에 찾아가 사과하고 소매 한 짝을 찾아왔다.

그것 말고도 내가 부린 말썽은 이루 다 헤아릴 수가 없다. 목수 아들 가네코와 어물전 아들 가쿠를 데리고 모사쿠네 당근밭을 휘저은 적도 있었다. 당근이 겨우 싹을 틔운 밭에 마침 놀기 좋게 짚을 깔아 놓은 터라 씨름을 한답시고 셋이서 반나절이나 허리춤을 잡고 휘저었다. 그 서슬에 당근 싹이 하나도 남아나지 못했다.

후루가와네 밭 가운데 있는 우물을 메웠다가 엄청 혼이 난 적도 있었다. 우물에 속이 빈 왕대를 꽂아 논에다 물을 대 농사를 지었는데, 그런 걸 알 턱이 없는 우리는 순전히 재미 삼아 돌멩이와 막대기를 왕대에다 닥치는 대로 쑤셔 넣어 물길을 꽉 막아버렸다. 그러고는 집으로 돌아와 태평스레 밥을 먹었다. 그때 후루가와가 불같이 화를 내며 달려와 고래고래 고함을 질렀다. 아마도 어머니가 돈으로 땜질을 했으리라.

아버지는 평소에 나를 거들떠보지도 않았다. 어머니는 형만 귀여워했다. 형은 얼굴이 몹시 새하얬는데, 그래서 그런지 연극 속의 여장 배우 흉내 내는 걸 즐겼다. 아버지는 나를 볼 때마다 이놈은 인간 되기 글렀다며 핀잔을 주었다. 어머니는 말썽만 부리는 꼴을 보니 앞길이 훤하다며 혀를 끌끌 찼다.

하긴 내가 생각해도 인간 되긴 그른 것 같았다. 하는 짓이 늘 그 모양이니까. 부모님이 내 앞날을 걱정하는 것도 무리가 아니었다. 그렇지만 아직 감옥 같은 데 가지 않고 잘 살고 있다.

어머니가 시름시름 앓다가 세상을 떠나기 하루 전에, 나는 부엌에서 공중제비 돌기를 하다가 그만 부뚜막 모서리에 부딪혀 갈비뼈를 부러뜨리고 말았다. 어머니가 버럭 화를 내면서 꼴도 보기 싫다고 소리를 치는 바람에 친척 집에 가서 잤다. 그런데 다음 날, 어머니가 돌아가셨다는 소식이 날아들었다. 어머니가 그렇게 빨리 돌아가실 줄은 꿈에도 몰랐다.

어머니의 건강이 그리 심각한 줄 알았더라면 좀 더 얌전히 지낼 걸 그랬다고 후회하면서 집으로 돌아왔다. 형은 나를 보자마자 불같이 화를 냈다.

"불효자식! 너 때문에 어머니가 빨리 돌아가신 줄이나 알아!"

나는 그 말에 꼭지가 돌아서 형 턱에 주먹을 날렸다가 아버지한테 된통 야단을 맞았다.

어머니가 없는 집에서 나는 아버지와 형, 이렇게 셋이서 살았다. 아버지는 아무것도 안 하는 놈팡이 주제에 내 얼굴만 봤다 하면 입버릇처럼 이렇게 뇌까렸다.

"넌 글렀어. 사람 구실도 못할 놈!"

뭐가 글렀다는 건지 아직도 모르겠다. 세상에 참 이상한 아버지도 다 있다. 형은 사업가가 되겠답시고 영어 공부를 열심히 했다. 애당초 여자 같은 성격에다 교활하기까지 해서 나와는 사이가 좋지 않았다. 열흘에 한 번 꼴로 싸웠다.

하루는 장기를 두는데 말을 요리조리 교묘하게 돌리는 통에 내가 어쩔 줄 몰라 하자 좋아라 하며 놀려 대지 않는가. 어찌나 화가 나던지, 장기 말로 이마를 확 까 버렸더니 미간이 찢어지면서 피가 흘렀다. 형은 곧장 아버지에게 달려가 일러바쳤다. 아버지는 그 일로 나랑 부자의 연을 끊겠다고 선언했다.

그래서 나는 체념하듯 대꾸해 버렸다.

"그럼 뭐 어쩔 수 없지요. 원하는 대로 하세요."

그걸 보고 십 년 넘게 우리 집 일을 돕고 있는 가정부 키요가 울며불며 손발이 닳도록 빌어서 겨우겨우 아버지의 화를 가라앉혔다. 그런데도 나는 아버지가 그리 무섭지 않았다. 오히려 가정부 키요가 가련하다는 생각이 들었을 뿐이다.

이 가정부는 원래 유서 깊은 가문 출신이었지만, 메이지 유신(19세기 후반 일본의 메이지 천황 때, 무인 정권을 무너뜨리고 중앙 집권 국가를 이루어서 일본의 자본주의 기틀을 마련한 변혁의 과정.— 옮긴이) 때 가세가 기울어 남의집살이를 하는 신세가 되고 말았다. 그러니까 한마디로 할머니다. 이 할머니가 무슨 영문인지는 모르겠으나 나를 몹시 위해 주었다.

참 희한한 일도 다 있다. 나는 어머니가 세상을 떠나기 하루 전에 집을 나간 불효자식인 데다, 일 년 내내 아버지가 골머리를 싸매는 꼴통에다, 동네 사람들도 감당이 안 된다며 슬슬 피해 다니는 불량소년이 아니던가.

키요는 그런 나를 무작정 좋아해 주었다. 나는 어차피 남한테 인정받기는 그른 놈이라고 포기한 터라, 남들이 나를 쓰레기 취급해도 아무렇지도 않았다. 키요가 나를 높이 사는 것이 오히려 이상했다. 키요는 때로 부엌에서 다른 사람이 없을 때 칭찬을 해 주기도 했다.

"도련님은 성격이 올곧아서 참 좋아요."

그렇지만 나는 키요가 하는 말을 잘 이해하지 못했다. 내 성격이 그렇게 좋다면 다른 사람들도 나를 조금은 긍정적으로 평가해 주어야 옳지 않을까? 그래서 키요가 칭찬을 할 때마다 마음에도 없는 말 하지 말라며 도리어 핀잔을 주곤 했다.

그러면 키요는 그러는 내 마음가짐이 좋은 거라고 하면서 흐뭇한 표정으로 내 얼굴을 바라보았다. 마치 제 손으로 나를 이렇게 멋진 인간으로 키워 내서 자랑스럽다는 듯이. 이거, 정말 음침하다.

어머니가 세상을 뜬 뒤로 키요는 나를 더욱더 사랑해 주었다. 어린 마음에도 나를 왜 이렇게나 위해 주는지 의구심이 들 정도였다. '귀찮아.' '괜한 짓거리를 다 하네.' '참 안됐다.' 등 별의별 생각이 다 들었다. 그렇거나 말거나 키요는 나를 변함없이 귀여워했다.

이따금 구운 팥과자나 쌀과자를 사 주기도 했다. 추운 날 밤이면 메밀가루로 죽을 쑤어 내가 잠들기 전에 머리맡에 가져다 놓기도 했다. 어떤 때는 냄비 우동을 사 주었다. 양말도 주고 연필도 주었다. 그리고 수첩도.

이건 나중의 일이긴 하지만 3엔을 빌려 주기도 했다. 딱히 내가 돈이 필요하다고 생각한 건 아니었다. 무작정 내 방으로 와서는 용돈이 없어서 어떡하느냐고 하면서 불쑥 내밀었다. 나는 일부러 이깟 돈 필요없다며 냉담하게 말했다. 하지만 기어이 쓰라고 고집을 부리기에 못 이기는 척하며 받았다. 사실, 속으로는 얼마나 좋았는지 모른다.

그런데 그걸 지갑에다 넣고 가슴에 꼭 껴안은 채 변소에 갔다가 그만 똥통에 쏙 빠뜨리고 말았다. 나는 주뼛거리며 바깥으로 나와 사연이 이러저러하다고 어물거리며 말했다. 그러자 키요는 자기가 건져 주겠노라고 하면서 대나무 막대기를 들고 변소로 향했다. 잠시 후 우물가에서 물소리가 들려서 나가 봤더니, 대나무 막대기로 건져 낸 지갑을 물로 씻고 있었다.

지갑을 다 씻은 다음 1엔짜리 지폐를 꺼내 보니 색깔이 누렇게 변해 있었다. 키요는 화로에다 그놈을 바싹 말려서 다시 건네주었다. 나는 코를 살짝 대 보고는 똥 냄새가 난다며 손사래를 쳤다.

키요는 당장 바꿔 오겠다며 나가서는 은화로 3엔을 가져다주었다. 그 3엔을 어디에다 썼는지는 잊어버렸다. 곧 갚겠다고 해

놓고선 끝내 갚지 않았다. 지금이라도 열 배로 쳐서 갚아 주고 싶지만 안타깝게도 내 주머니엔 돈이 하나도 없다.

키요는 반드시 아버지와 형이 없을 때만 내게 뭔가를 주었다. 나는 남몰래 혼자서만 득을 보는 일을 세상에서 가장 싫어했다. 형하고는 사이가 안 좋았지만, 그렇다고 형 몰래 나만 과자니 연필이니 하는 걸 받아서 챙기고 싶지는 않았다. 그래서 키요에게 이렇게 물어본 적이 있었다.

"왜 형한테는 안 주고 나한테만 주는 거야?"

키요는 아주 시원스런 표정으로 대꾸했다.

"형님은 아버지가 사 주시잖아요. 그러니까 괜찮아요."

이건 뭔가 불공평하다. 아버지는 완고하기는 하지만 자식을 편애하지는 않았다. 그렇지만 키요의 눈에는 그리 보이지 않는 모양이었다. 키요가 나한테 완전히 푹 빠진 게 분명했다. 하긴 좋은 집안에서 태어나긴 했지만 교육을 제대로 못 받은 할머니다 보니 어쩔 수 없는 일인지도 모르겠다. 이 정도에서 그치면 그래도 괜찮은 거지.

편애하는 마음이란 정말이지 무섭다. 키요는 내가 커서 아주 크게 출세할 거라고 맹목적으로 믿었으니까. 그러면서 형은 얼굴만 하얘 가지고 공부랍시고 해 대지만 별 볼일 없을 것이라고 멋대로 정해 버렸다. 이런 할머니의 편애를 누가 말릴 수 있을까. 자신이 좋아하는 사람은 반드시 큰 인물이 되고, 싫어하는 사람은 바닥을 기게 되리라 굳게 믿고 있으니…….

　나는 어릴 적부터 딱히 뭐가 되고 싶다는 생각이 없었다. 그렇지만 키요가 하도 커서 뭐가 될 거라고 하니까 괜스레 그 말대로 될 것 같다는 생각이 들었다. 지금 생각하면 참 어이가 없다. 그 시절, 키요에게 내가 장차 커서 뭐가 될 거 같냐고 물어본 적이 있었다. 키요도 특별히 무슨 생각이 있었던 것은 아닌 듯했다. 자가용 인력거를 두고 멋들어진 현관이 있는 저택에서 살거라고만 했다.

　그리고 키요는 내가 떡하니 집을 지어 독립하면 같이 살고 싶다고 했다. 제발 자신을 데려가 달라고 몇 번이나 간절하게 말했다. 나도 왠지 나중에 그런 멋진 집을 가지게 될 것 같은 느낌이 들어서 고개를 끄덕였다.

　"응, 그럴게."

　그런데 이 할머니는 대단한 상상력의 소유자인지라 혼자서 멋대로 계획을 세웠다.

　"도련님은 어디가 좋아요? 코지마치? 아자부? 정원에는 그네를 하나 설치해야지요. 대신에 침대 방은 하나면 충분해요."

　그때는 집이고 뭐고 뚜렷한 생각이 없었다. 그래서 심드렁한 얼굴로 대충 대답했다.

　"서양식이든 일본식이든 아무 상관 없어. 그런 걸 꼭 가져야 하는지도 잘 모르겠고."

그러면 키요는 어김없이 이렇게 말했다.

"도련님은 마음이 너무 깨끗해요. 욕심이 하나도 없잖아요."

키요는 내가 무슨 말을 해도 칭찬만 했다.

어머니가 세상을 떠나고 오륙 년을 그런 식으로 살았다. 아버지에게는 늘 야단만 맞았다. 형하고는 툭하면 싸웠다. 키요는 내게 과자 같은 걸 주면서 틈만 나면 칭찬을 했다. 그래서 그런지 딱히 바라는 것도 없었다. 이걸로 충분했다. 다른 애들도 다 이렇게 사는 거라고 생각했다.

다만 키요가 자주 '도련님은 정말 불쌍하고 불행하다'고 말해서, '아, 난 불쌍하고 불행한 모양이다.'라고 여겼다. 그것 말고는 그리 힘든 일도 없었다. 때때로 아버지가 용돈을 주지 않아서 미칠 것만 같은 날들이 좀 있었을 뿐.

어머니가 돌아가신 지 육 년째 되던 해 정월에 아버지도 뇌졸중으로 세상을 떠났다. 그해 4월에 나는 어느 사립 중학교를 졸업했다. 형은 6월에 상업 학교를 졸업했는데, 어떤 회사의 규슈 지점에 취직을 해서 집을 곧 떠나야 했다. 나는 도쿄에서 공부를 더 해야 하는 상황이었지만, 형은 집을 팔아서 재산을 정리한 후 규슈로 가겠노라고 했다.

나는 아무래도 좋으니 알아서 하라고 했다. 어차피 형한테 신세질 생각은 눈곱만치도 없었다. 같이 있어 봐야 늘상 싸움만 하니까, 형 쪽에서 알아서 잘 처리하리라 생각했다. 어설프게 빌붙어 살다가는 형한테 머리를 숙이고 지내야 할지도 몰랐다. 우유 배달이라도 해서 먹고살면 그만이라고 여겼다.

형은 곧 고물상을 불러 조상 대대로 내려온 잡동사니들을 뭉뚱그려 헐값에 넘겨 버렸다. 집과 토지는 어느 부자한테 팔았다. 이건 꽤 목돈이 된 듯했지만, 자세한 내용을 알려 주지는 않았다. 나는 집안의 재산이 정리될 때까지 오가와마치에서 하숙을 했다. 키요는 십 년도 넘게 살던 집이 남의 손에 넘어간다는 걸 몹시 안타까워했지만, 제 것이 아닌 이상 어쩔 도리가 없었다.

"도련님이 조금만 더 나이를 먹었더라면 제대로 상속을 받을 수 있었을 텐데……."

그저 이렇게 푸념을 늘어놓을 뿐이었다. 몇 살 더 먹어서 받을 수 있는 상속이라면 지금도 받을 수 있을 것이다. 아무것도 모르는 할머니는 내가 조금만 더 나이가 들었으면 당연히 그 집을 차지할 수 있었을 것이라 믿은 모양이었다.

형과 나는 이렇게 헤어졌지만 문제는 키요였다. 형은 키요를 데리고 갈 사람이 아니었고, 키요도 형에게 달라붙어 규슈까지 따라갈 생각은 털끝만큼도 없었다. 나로 말할 것 같으면 두 평 (1평은 약 3.3㎡.―옮긴이)짜리 싸구려 하숙방에서 꼬무작거리고 있었는데, 이마저도 언제 정리해야 할지 모를 판이었다. 도무지 뾰족한 방법이 없었다.

별수 없이 키요에게 어디 가서 가정부라도 할 생각이냐고 물어보았다. 내가 집을 짓고 장가를 들 때까지는 어쩔 수 없이 조카한테 신세를 질 생각이라고 했다. 이 조카라는 사람은 재판소에서 서기로 일하는데, 먹고사는 데는 별 지장이 없는 형편이라 언제든 오라고 간곡히 권했다는 것이다.

하지만 그동안 키요는 비록 가정부 일이라 해도 오래 살던 집이 좋다면서 말을 듣지 않았다. 그러나 지금은 낯선 집에 들어가서 눈치를 보며 마음고생을 하느니, 차라리 조카한테 신세를 지는 편이 낫다고 생각하는 듯했다.

"제발 빨리 집을 장만해요. 어여 장가도 들고……. 그러면 제가 가서 도와줄게요."

키요는 피를 나눈 조카보다도 내가 더 좋은 모양이었다.

규슈로 떠나기 이틀 전에 형이 하숙집으로 찾아와서 600엔을 내밀었다. 이걸로 장사를 하든 공부를 하든 마음대로 해도 좋지만 나중에 귀찮게만 하지 말라고 했다. 형치고는 대단히 선심을 쓴 셈이었다. 딱히 600엔 같은 돈을 받지 않아도 상관없다는 생각이 들었지만, 상상하기 힘들 만큼 산뜻한 태도가 마음에 들어서 고맙다며 냉큼 받아 챙겼다. 형은 50엔을 더 내밀며 키요에게 전해 달라고 했다. 이틀 뒤 신바시 정류장에서 형과 헤어진 뒤로 지금까지 한 번도 만나지 못했다.

나는 잠자리에 누워 600엔을 어디에 어떻게 쓸 것인지 곰곰 생각했다. 장사를 한들 귀찮기도 하고 잘될 것 같지도 않은 데다, 600엔 정도로는 장사다운 장사도 할 수 없을 터였다. 게다가 장사를 하면서 남들 앞에서 학벌을 내세울 수도 없었다. 이건 인간적으로 엄청 손해 나는 짓이었다.

장사 밑천일랑 잊어버리고 이걸로 공부나 하자. 600엔을 셋으로 나누어 일 년에 200엔이면 삼 년간 공부를 할 수 있을 터였다. 삼 년 동안 열심히 공부하다 보면 뭐가 되든 되겠지.

그런데 어떤 학교에 가는 것이 좋을까? 사실, 공부와 관련된 거라면 어느 것 하나 천성에 맞지 않았다. 특히 어학이니 문학이니 하는 건 꼴도 보기 싫었다. 신체시 따위는 스무 줄 가운데 한 줄도 외지 못했다.

어차피 체질에는 다 안 맞으니 뭘 공부하든 마찬가지라는 생각을 하던 차에 우연히 물리 학교 앞을 지나치게 되었다. 마침 교문에 학생 모집 벽보가 떡하니 붙어 있었다. 문득 이것도 인연인가 보다, 하는 생각이 들었다. 그래서 지원서를 받아 대강 훑어보고는 곧장 입학 절차를 밟아 버렸다. 지금 생각해 보면 이것 또한 아무 생각 없이 무조건 들이대고 보는 천성이 빚어낸 실패 가운데 하나였다.

삼 년 동안 남들만큼은 노력했지만, 머리가 그리 좋은 편이 아니라서 그런지 성적은 늘 밑에서 헤아리는 게 빨랐다. 그런데 참 이상하게도 삼 년을 꼬박 채웠더니 어김없이 졸업이 찾아왔다. 희한한 일이긴 했지만, 딱히 불평할 처지도 아니어서 얌전하게 졸업장을 받아 들었다.

학교를 졸업하고 여드레가 지났을 때였다. 교장이 부르기에 무슨 일인가, 하고 학교로 가 봤다. 시코쿠 지방의 어느 중학교에서 수학 선생을 찾는데 가 보지 않겠느냐고 물었다. 월급은 40엔이라고 했다.

삼 년간 학교를 다니며 공부를 하긴 했지만 선생이 될 생각도, 시골에 가서 살 생각도 해 본 적이 없었다. 그렇다고 해서 선생이 아닌 다른 직업을 생각해 본 적도 없던 터라, 교장의 말이 떨어지기가 무섭게 가겠노라고 대답했다. 이것 또한 무작정 닥치는 대로 저질러 놓고 보는 천성이 화근이었다.

이유야 어찌 됐든 상대의 제안을 받아들인 이상 그곳으로 가야 했다. 요 삼 년 동안 두 평짜리 방에 틀어박혀 지내면서 누구한테 잔소리 한 번 듣지 않고 살았다. 물론 싸운 적도 없었다. 내 평생 처음으로 참 느긋하고 얌전하게 지낸 시절이었다. 그렇지만 이제 이 두 평짜리 방을 떠나야 했다. 머리털 나고서 여태까지 동급생들과 가마쿠라에 소풍을 간 것 말고는 도쿄를 벗어나 본 적이 단 한 번도 없었다.

이번에는 가마쿠라 정도가 아니었다. 아주 멀리 가야 했다. 지도를 보니 바닷가에 바늘 끝만 하게 달라붙어 있는 곳이었다. 어차피 그렇고 그런 곳이리라. 어떻게 생겨 먹은 곳인지, 어떤 사람들이 사는지도 아는 게 없었다. 뭐, 그렇다고 해서 곤란할 것도 없었다. 아무 걱정도 안 되었다. 그냥 가는 거였다. 어쩐지 좀 귀찮고 짜증이 났다.

집을 팔고 나서 가끔씩 키요를 찾아갔다. 키요의 조카라는 사람은 의외로 무던했다. 내가 갈 때마다 진심으로 반갑게 맞아주었다. 키요는 나를 앞에 두고 끝도 없이 내 자랑을 늘어놓았다. 곧 학교를 졸업하면 고지마치 부근에 집을 살 테고, 관공서에 취직을 할 것이라고 허풍을 떨었다.

혼자서 온갖 상상을 하여 마구 이야기를 지어내는 통에 나는 그저 얼굴을 붉히는 수밖에 없었다. 그것도 한두 번이 아니었다. 때로는 내가 어릴 적에 오줌을 싼 일까지 화제에 올려 민망하게 만들었다.

조카는 무슨 생각을 하면서 키요의 그런 터무니없는 자랑을 가만히 듣고 있었는지 모르겠다. 키요는 옛날 사람이라서 나와 자신의 관계를 봉건 시대의 주종 관계로 여기는 듯했다. 자신의 주인에 대해 조카에게도 똑같은 마음을 갖게 하고 싶었던 것 같았다. 모르긴 몰라도, 조카의 체면이 말이 아니었을 것이다.

마침내 출발 날짜가 잡혔다. 나는 떠나기 사흘 전에 키요를 찾아갔다. 북쪽으로 창이 나 있는 한 평 반짜리 방에 감기 몸살로 앓아누워 있었다. 내가 얼굴을 들이밀자 자리에서 힘겹게 일어나더니 이렇게 물었다.

"도련님은 언제 집을 살 생각이에요?"

고등학교를 졸업만 하면 돈이 호주머니로 쓱쓱 밀려드는 줄로 여겼다. 그렇게 대단한 사람을 눈앞에 두고 우리 도련님이라니! 이건 너무너무 말이 안 된다.

나는 아주 간결하게 말했다.

"당분간은 집을 장만할 수 없어. 그리고 곧 시골로 가야 해."

그러자 키요는 아주 실망스런 표정을 지으며 희끗희끗한 머리카락을 손으로 쓸기만 했다. 그 모습이 너무 안돼 보여서, 달래느라 이렇게 덧붙였다.

"여름 방학 때 올게."

그래도 키요는 서운한 표정을 지우지 않았다.

"그때 무슨 선물을 사 올까?"

"에치코의 댓닢엿이 먹고 싶어요."

에치고의 댓닢엿이라! 한 번도 들어 본 적이 없었다. 애당초 내가 생각한 것이랑 방향이 달랐다.

"내가 가는 시골에는 댓닢엿이 없을 것 같은데?"

"어느 쪽으로 가는데요?"

"서쪽."

"그럼 하코네 건너편이에요? 아니면 가기 전인가요?"

이거 정말 난처한 질문이었다.


출발하는 날은 키요가 아침 일찍 찾아와서 온갖 것을 다 챙겨 주었다. 오는 도중에 잡화점에 들러서 산 칫솔이며 이쑤시개며 손수건을 천가방에 챙겨 넣어 주었다. 그런 거 없어도 된다고 말해도 막무가내였다.

역에 도착해서 플랫폼으로 올라가 기차에 타자, 키요는 내 얼굴을 지긋한 눈길로 한참 동안 바라보았다. 그러다 자그마한 목소리로 웅얼거렸다.

"이제 못 볼지도 모르겠네요. 항상 건강하세요."

눈에 눈물이 그렁그렁했다. 나는 울지 않았다. 그렇지만 자칫 울어 버릴 뻔했다. 기차가 천천히 움직이기 시작했다. 이제 울지 않을 자신이 생겨서 창으로 고개를 내밀고 돌아보았다. 키요는 아직도 그 자리에 서 있었다. 어쩐지 그 모습이 너무 작아 보였다.

제 2 장
# 첫 발령장

뿌웅, 기적을 울리며 기선이 멈추자 해안에서 거룻배 하나가 노를 저어 다가왔다. 사공은 훌러덩 벗은 몸에 훈도시(일본의 성인 남성이 입는 전통 속옷.─옮긴이) 하나만 걸치고 있었다. 정말이지 깡촌이었다. 하기야 이런 더위에 옷을 입은들 뭘 할까. 강렬한 햇살을 받아 바닷물이 반짝반짝 빛났다.

바닷물을 가만히 바라보노라니 눈앞이 캄캄해졌다. 승무원은 여기가 목적지라고 했다. 언뜻 살펴보니 오모리 정도의 어촌이었다. 나를 뭘로 보고……. 이런 데서 어떻게 살란 말이야? 하지만 어쩔 수 없는 노릇이었다.

맨 먼저 거룻배로 힘차게 뛰어내렸다. 이어서 대여섯 명이 올라탔다. 그리고 큰 상자 네 개를 실은 다음 빨간 훈도시는 부지런히 노를 젓기 시작했다.

해안에 닿자마자 맨 먼저 백사장에 뛰어내려서는 콧물을 매단 꼬마를 붙잡고 중학교가 어디 있는지 물어보았다. 꼬마는 멍한 표정으로 모른다고 했다. 역시나 한심한 깡촌이었다. 고양이 낯짝만큼도 안 되는 동네에서 중학교가 어디 있는지도 모르는 놈이 있다니.

바로 그때 통소매 옷을 걸친 사내가 다가와서 이리 오라고 손짓을 하기에 어기적어기적 따라가 보았다. 항구집이라는 여관이었다. 인상 더러운 여자가 나와서 안으로 올라오라고 했다. 들어가기가 싫은 마음이 들어서 문 앞에 선 채 중학교가 어디 있느냐고 물었다.

여기서 기차를 타고 일 킬로미터 정도 가야 한다나. 더더욱 안으로 들어갈 이유가 없었다. 나는 통소매 사내에게서 내 가방 두 개를 낚아채고서는 천천히 돌아 나왔다. 여관집 사람이 이상하다는 표정을 지으며 멀거니 바라보았다.

얼마 가지 않아 곧 역이 보였다. 기차표를 사서 성냥갑 같은 열차에 올라탔다. 덜컹덜컹하면서 오 분쯤 달렸을까? 벌써 내려야 한단다. 어쩐지 삯이 싸다 싶었다. 겨우 3전이었다. 인력거를 타고 중학교로 갔다. 수업이 끝난 시각이라 학교에는 아무도 보이지 않았다.

사환이 나와 숙직 선생은 잠깐 볼일이 있어서 밖에 나갔다고 전했다. 참 세상 편한 숙직도 다 있다. 교장이라도 만나 볼까 하다가 피곤하기도 해서 인력거를 타고 여관으로 가자고 했다. 차부는 힘차게 인력거를 끌고 야마시로야라는 곳으로 데려다주었다. 야마시로야! 어릴 적에 이웃에 살던 간다로네 전당포 야마시로야하고 이름이 같아서 문득 반가운 마음이 들었다.

여관 주인은 이층 계단 아래의 어두컴컴한 방으로 안내를 해주었다. 도무지 더워서 들어갈 수가 없었다. 이런 방은 싫다고 했더니, 공교롭게도 남은 방이 이것뿐이라며 가방을 방 안으로 휙 던져 넣고는 쌩하니 나가 버렸다. 할 수 없이 방 안으로 들어가 땀을 삐질삐질 흘리며 참아야 했다. 이윽고 목욕 준비가 되었다고 해서 신나게 달려가 물속에 풍덩 뛰어들었다가 금방 나왔다.

방으로 돌아오는 길에 슬쩍 보았더니 시원해 보이는 방이 많이 비어 있었다. 이런, 무례한 놈이 다 있나. 손님에게 거짓말을 하다니! 곧 여종업원이 밥상을 들고 왔다. 방은 더웠지만 밥은 하숙하던 곳보다 맛있었다.

여종업원이 식사 시중을 들며 어디서 왔느냐고 물었다. 도쿄에서 왔다고 하자 "도쿄는 정말 좋은 곳이겠지요?" 하고 되물었다. 당연히 그렇다고 대답했다. 밥상을 들고 여종업원이 부엌으로 물러나자마자 웃음 소리가 커다랗게 터져 나왔다.

같잖은 것들이! 바닥에 벌러덩 드러누웠지만 통 잠이 오지 않았다. 더운 것뿐만이 아니었다. 시끄러웠다. 그 하숙집보다 다섯 배는 더 시끄러웠다.

꾸벅꾸벅 졸다가 키요가 나오는 꿈을 꾸었다. 키요가 에치코의 댓닢엿을 우적우적 먹어 대었다. 내가 댓닢은 먹는 게 아니라고 하자, 오히려 이게 진짜라고 하면서 와작와작 씹어 먹었다. 너무 어이가 없어서 입을 크게 벌리고 아하하하, 웃다가 잠에서 깼다.

그때 여종업원이 덧문을 열었다. 마치 하늘의 바닥이 다 드러난 듯이 맑았다.

여행을 할 때는 봉사료를 잘 주어야 한다는 말을 어디선가 들은 기억이 났다. 봉사료를 주지 않으면 잘 대해 주지 않는다고. 이렇게 좁고 어두운 방에 밀어 넣는데도 봉사료를 주어야 할까. 천가방에다 천양산을 들고 후줄한 차림으로 다니니까 사람을 깔보는 것이다.

촌놈 주제에 사람을 깔보다니! 흥, 어디 두고 보라지. 봉사료를 듬뿍 줘서 깜짝 놀라게 해 줄 테다. 이래 봬도 학비로 쓰고 남은 30엔을 품고 도쿄를 떠났다. 기차와 기선 삯에다 잡비를 쓰고도 아직 14엔이나 남아 있었다. 이걸 다 쓴다 해도 앞으로 월급을 받을 테니까 크게 걱정할 일이 없었다. 촌놈은 대체로 인색하니까 5엔 정도 받으면 놀라서 눈이 튀어나올 것이다.

한껏 벼르며 세수를 한 다음 방으로 돌아와 기다리노라니, 어제 저녁의 그 여종업원이 밥상을 들고 왔다. 쟁반을 손에 들고 식사 시중을 들면서 괜히 실실 웃어 대었다. 버릇없는 년! 내 얼굴이 무슨 구경거리냐? 이래 봬도 네 낯짝보다는 훨씬 낫다.

밥을 다 먹을 때까지 기다리려다가 오기가 솟구쳐 곧바로 5엔짜리 지폐를 탁 꺼내 놓고 계산을 하라고 했다. 순간, 여종업원이 묘한 표정을 지었다. 나는 식사를 끝내자마자 학교에 가기 위해 여관을 나섰다. 세상에, 여종업원이 내 구두도 닦아 두지 않았다.

어제 인력거를 타고 가 본 터라 학교를 찾는 건 그리 어렵지 않았다. 모퉁이를 두세 번 돌아 곧장 교문 앞에 이르렀다. 교문에서 현관까지 바닥에 화강암이 깔려 있었다. 어제 이 화강암 위를 인력거를 타고 지날 때 엄청나게 시끄러운 소리가 났던 탓에 이미 질릴 대로 질려 버렸다.

도중에 교복 차림의 학생들이 교문을 지나 안으로 들어가는 모습이 보였다. 개중에는 나보다 키가 크고 힘이 세 보이는 녀석도 있었다. 저런 놈을 가르쳐야 하는 거야? 왠지 좀 으스스한 기분이 들었다.

명함을 내밀자 곧장 교장실로 안내해 주었다. 교장은 거무튀튀한 피부에 수염을 듬성듬성 기르고 있었다. 눈이 어찌나 크든지 마치 너구리 한 마리가 앉아 있는 것 같았다. 한껏 거드름을 피우면서 학생들을 잘 가르쳐 보라고 하고선, 커다란 도장을 발령장에 쿡 누른 다음 내게 건네주었다.

나중에 도쿄로 돌아갈 때 콱 구겨서 바다로 던져 버렸던 그 발령장이었다. 교장은 곧 교직원들을 소개해 줄 테니 발령장을 일일이 내보이며 인사를 나누라고 했다. 그런 쓸데없는 짓을! 차라리 발령장을 한 사흘쯤 교무실에 붙여 두는 게 낫지 않나?

첫 수업 시작 나팔을 불어야 교직원들이 교무실에 다 모인다고 했다. 아직 시간이 많이 남아 있었다. 교장은 시계를 꺼내 수시로 시각을 확인했다. 그러고는 자세한 이야기는 천천히 할 테지만, 일단 큰 줄기만은 알아 두는 게 좋다고 하면서 교육 정신이 어쩌고저쩌고 하면서 설교를 늘어놓기 시작했다.

물론 나는 시큰둥한 얼굴로 대강 흘려들었다. 왠지 자꾸만 골때리는 세상에 들어오고 만 것 같은 불길한 생각이 들었다. 교장 말처럼 한다는 건 도저히 불가능했다. 나 같은 무뢰배를 앞에다 두고 학생들의 모범이 되라니! 그뿐이 아니었다. 이 학교의 상징으로서 누구나 우러러보는 사람이 되어야 할 뿐 아니라, 공부와 더불어 덕을 가르치는 사람이 되어야만 진정한 교육자라 할 수 있다면서 무지막지한 주문을 늘어놓았다.

그렇게 대단한 인간이 월급 40엔을 받겠다고 이런 깡촌까지 올 리가 없잖아. 인간이란 대체로 엇비슷하게 생겨 먹어서 화가 나면 서로 싸움질도 하는 법이다. 이래 가지고서는 말을 제대로 할 수도 없고 거리를 마음대로 돌아다닐 수도 없다. 이렇게 어렵고 골치 아픈 일이라면 사람을 부르기 전에 미리 알려 주었어야 옳지 않은가.

나는 거짓말을 무엇보다 싫어하는 성격이다. 아무래도 맞지 않는 곳에 왔다는 생각이 들어서 산뜻하게 여기서 포기하고 돌아가리라고 마음먹었다. 그런데 여관에서 5엔을 써 버리는 바람에 지갑에 남은 돈이라고는 고작 9엔뿐이었다. 이걸로는 도쿄로 돌아갈 수가 없었다. 봉사료 같은 걸 괜히 주었나 보다. 정말 바보 같은 짓을 해 버렸다.

곰곰 생각해 보니, 9엔으로 안 될 것도 없을 듯했다. 여비가 부족하다고 해서 거짓말을 할 수는 없었다.

"아무리 생각해도 교장 선생님 말씀대로 하는 건 무리인 것 같습니다. 그래서 이 발령을 거절하겠습니다."

교장은 너구리 같은 눈을 연방 껌벅이며 내 얼굴을 빤히 들여다보았다.

"지금 한 말은 그저 희망 사항일 뿐입니다. 다 그렇게 할 수 없다는 건 잘 알고 있으니 걱정할 것 없어요."

이건 또 무슨 소리? 애당초 그걸 알았다면 처음부터 사람 겁주는 말은 하지 말았어야지.

그러는 사이에 나팔 소리가 울렸다. 갑자기 교실 쪽에서 와자지껄하게 떠드는 소리가 들렸다. 사환이 교장실로 와 교직원들이 교무실에 다 모였다고 알렸다. 나는 교장의 꽁무니에 바짝 붙어 교무실로 들어갔다. 길쭉하게 생긴 넓은 공간에 책상이 다닥다닥 놓여 있었다. 다들 자리에 앉아 있었다. 내가 들어서자 마치 약속이나 한 듯이 모든 눈들이 내 얼굴에 꽂혔다. 내가 무슨 구경거리인 줄 아나?

나는 교장이 시킨 대로 한 사람 한 사람에게 발령장을 내보이며 인사를 했다. 대부분은 의자에서 허리를 빼 올려 슬쩍 들여다보고 말았지만, 개중에는 발령장을 받아 들고 살펴본 다음 정중하게 되돌려 주는 치도 있었다. 무슨 궁중 예법을 연기하는 듯했다.

열다섯 번째 체육 선생 앞에 이르렀을 즈음에는 대체 이런 짓을 언제까지 해야 하나, 하는 생각이 불쑥 치밀면서 넌더리가 났다. 이 사람들은 한 번만 하면 그만이지만, 나는 이미 똑같은 짓을 열네 번이나 했다. 이럴 때 남의 사정도 좀 헤아려 주면 좀 좋을까.

인사를 하는 선생들 가운데 머시기 교감이라는 사람이 있었다. 대학에서 문학을 전공했다고 하면서 으스대었다. 대학까지 나왔으니 아주 대단한 사람이 틀림없을 터였다. 그런데 묘하게도 여자 같은 목소리를 내었다. 심지어 이런 더위에 플란넬 셔츠를 입고 있었다. 얇은 천으로 짓긴 했을 테지만 엄청나게 더워 보였다. 대졸답게 아주 대단한 차림새였다. 게다가 빨간색이라니! 이건 정말 사람 미치게 만드는 꼬락서니가 아닌가.

나중에 안 사실인데, 이 사람은 일 년 내내 빨간색만 입는단다. 참 이상한 병도 다 있다. 본인 말로는 빨간색이 몸에 좋아서 일부러 그렇게 맞춰 입는다나? 참으로 별스런 놈이다. 그럴 바에는 외투도 아예 빨간색으로 해 버리지?

그리고 고가라는 안색이 아주 안 좋은 영어 선생이 있었다. 얼굴이 푸르뎅뎅한 사람은 대체로 여위는 게 정상인데, 이 사람은 안색도 안 좋으면서 퉁퉁하니 몸에 살이 많이 붙어 있었다.

초등학교 동급생 가운데 아사이 다미라는 애가 있었는데, 그 애의 아버지가 꼭 이런 안색이었다. 아사이 다미의 아버지는 농사꾼이었는데, 키요한테 농사를 지으면 모두 안색이 저리 되느냐고 물어본 적이 있었다.

키요는 다 그런 건 아니라고 하면서 끝물 호박을 너무 많이 먹어서 안색이 푸르뎅뎅해지고 몸이 퉁퉁 부은 거라고 했다. 그 이후로 얼굴이 푸르뎅뎅하고 몸이 부은 사람만 보면 끝물 호박을 많이 먹어서 그런 거라고 믿게 되었다.

이 영어 선생도 끝물 호박을 너무 많이 먹은 모양이었다. 애당초 나는 끝물 호박이 뭔지도 모른다. 키요한테 물어보았지만 웃기만 할 뿐 제대로 가르쳐 주지 않았다. 어쩌면 키요도 모를 것이다.

그리고 나와 같은 과목을 가르치는 홋다라는 수학 선생이 있었다. 이 사람은 아주 떡 벌어진 몸에 깍두기 머리 모양을 하고 있었는데, 무슨 험악한 파계승 같은 꼬락서니였다. 남이 애써 발령장을 들이미는데도 눈길 한 번 주지 않았다.

"아, 자네가 이번에 온 신참인가? 시간 나면 놀러 오게."

이렇게 말하고는 아하하하 웃었다. 웃기는 왜 웃어? 이런 무례하기 짝이 없는 놈을 봤나? 그리고 내가 왜 너한테 놀러 가?

나는 그 순간에 이 깍두기에게 '돌풍'이라는 별명을 지어 주었다. 한문 선생은 과목에 걸맞게 꽤 점잖았다.

"어제 막 도착했다던데 오늘부터 수업이라니! 오, 정말 대단하십니다."

아, 정말 애교 넘치는 노친네가 아닌가? 미술 선생은 그냥 보기만 해도 예능인 타입이었다. 매끈매끈하고 나풀나풀한 두루마기를 걸치고서 연방 부채질을 해 대며 이렇게 물었다.

"고향이 어딘가요?"

나는 곧장 도쿄라고 대답했다.

"와, 반갑네요! 고향 사람을 만나서……. 나도 도쿄 출신이거든요."

이런 인간이 도쿄 출신이라면 난 이제부터 도쿄가 고향이란 말을 그만하고 싶다. 게다가 모두를 이런 식으로 하나하나 소개하다가는 끝도 없을 것 같았다. 이쯤에서 그만두자!

인사가 모두 끝나자 교장이 오늘은 이만 돌아가도 좋다고 말했다. 수업에 관해서는 수학 부장한테 물어보도록 하고, 모레부터 수업을 시작하면 된다는 것이었다. 수학 부장이 누구냐고 물었더니, 돌풍이라고 했다. 짜증이 훅 치밀었다. 그런 놈 밑에서 일을 해야 한다니! 맥이 쭉 빠졌다.

"어이, 어디서 지내나? 야마시로야라고? 알았어. 내가 곧 찾아갈게. 업무에 대해 의논도 할 겸⋯⋯."

돌풍은 그런 말을 남기고는 분필을 들고서 교실로 가 버렸다. 자기가 부장이면서 나를 찾아와 의논하겠다니! 정말 이상한 놈이었다. 그렇지만 나더러 찾아오라는 것보다는 훨씬 나았다.

이윽고 학교를 나섰다. 바로 여관으로 가려다가 딱히 할 일도 없고 해서 산책이나 하려고 무작정 거리로 발걸음을 옮겼다. 현청은 지난 세기에 지은 듯 꽤 오래된 건물이었다. 군부대도 보았는데, 도쿄 아자부의 연대보다 후줄근해 보였다.

큰길 쪽으로 나아갔다. 도쿄의 변두리 도심지 거리를 반쯤 줄여 놓은 듯한 길에다 건물들이 하나같이 보잘것없었다. 하긴 이십오만 만 석 영주가 다스리는 읍이니 뭘 바란다는 게 오히려 잘못이었다. 이런 곳에 살면서 성하촌(일본에서 무인 시대에 영주의 성을 중심으로 발달한 도시.— 옮긴이)이라며 어깨에 힘을 넣는 사람들이 가련하다는 생각이 들었다.

어느새 야마시로야 앞에 이르렀다. 넓은 것 같으면서도 정말이지 좁은 동네였다. 이것으로 거리는 대충 살펴본 셈이었다.

밥이나 먹을까, 하고 여관으로 들어섰다. 마루에 앉아 있던 여주인이 내 얼굴을 보고는 벌떡 몸을 일으켰다.

"다녀오셨어요?"

그러고는 머리를 연방 조아리며 인사를 건넸다. 신발을 벗고 올라서자 여종업원이 방이 비었다면서 이층으로 안내했다. 여덟 평 넓이의 방에 드넓은 마루까지 딸려 있었다.

나는 여태 이렇게 멋진 방에 들어와 본 적이 없었다. 앞으로 또 언제 이렇듯 멋진 방에서 자 보는 사치를 누릴지 모를 처지인지라, 목욕옷 하나만 걸치고서 방 한가운데에 큰대자로 드러누웠다. 정말로 기분이 좋았다.

점심을 먹은 다음에는 키요에게 편지를 썼다. 나는 문장도 잘 못 쓰는 데다가 아는 단어도 많지 않아서 편지 쓰는 걸 무척 싫어했다. 게다가 그동안은 마땅히 보낼 곳도 없었다. 그러나 지금쯤 키요는 엄청난 걱정에 휩싸여 있을 것이다. 여기로 오는 길에 배가 난파해서 내가 죽었을지도 모른다고 생각하면 안 되니까, 힘을 짜내어 가능한 한 길게 편지를 썼다.


키요, 어제 무사히 도착했어. 여긴 참 지겨운 곳이야. 지금은 여덟 평짜리 방에서 지내. 여관에 봉사료로 5엔을 주었어. 그러자 여주인이 머리를 마룻바닥에 찧으며 인사를 하지 뭐야. 참, 어제는 키요가 댓닢엿 먹는 꿈을 꾸었어. 내년 여름에 돌아갈게.

오늘 학교에서 선생들한테 별명을 하나하나 지어 주었어. 교장은 너구리, 교감은 빨간 셔츠, 영어 선생은 끝물, 수학 선생은 돌풍, 미술 선생은 알랑쇠…….

그럼 또 소식 전할게. 안녕!


편지를 다 쓰고 나자 마음이 홀가분해졌다. 잠이 솔솔 와서 아까처럼 방 한가운데에 큰대자로 누웠다. 이번에는 꿈도 꾸지 않고 푹 잤다. 갑자기 "이 방인가!" 하는 소리가 들리는 바람에 깜짝 놀라 눈을 번쩍 떴다. 방 안에 돌풍이 들어와 있었다.

"아까는 실례! 자네가 담당해야 할 일은……."

방금 잠에서 깬 사람을 앞에 두고 무작정 업무 이야기를 꺼내다니! 어처구니가 없었다. 어쨌거나 업무에 대해 들어 보니 딱히 어렵지는 않은 것 같아서 순순히 받아들였다. 이 정도 일이라면 모레까지 갈 것도 없이 내일 당장 시작해도 별문제가 없을 듯싶었다.

업무에 대한 이야기가 끝나자, 돌풍이 대뜸 이렇게 말했다.

"자네, 언제까지 여기서 지낼 수야 없지 않나? 내가 좋은 하숙집을 소개해 줄게. 다른 사람이라면 어려울 테지만 내가 말하면 금방 될걸. 빠를수록 좋을 테니, 오늘 당장 가서 보고 내일 이사를 하도록 해. 그러고 나서 모레부터 출근하면 좋지 않겠나?"

그러고는 혼자서 제멋대로 정해 버렸다. 하긴 언제까지고 여덮 평짜리 방에서 지낼 수는 없었다. 월급을 몽땅 털어 넣어도 여관비를 감당할 수 없을지도 몰랐다. 5엔이나 봉사료를 주었는데 바로 옮겨야 하다니! 좀 아까운 생각이 들었지만 어차피 이사를 할 거라면 빨리 옮기는 편이 좋을 것 같아서 고개를 끄덕였다.

돌풍은 자리에서 일어서더니 무작정 따라오라고 했다. 그래서 얌전히 따라갔다. 거리에서 좀 떨어져 있긴 했지만, 언덕배기 중간에 있어서 그런지 아주 조용했다. 주인은 골동품을 파는 이카긴이라는 남잔데, 부인이 네 살이나 위였다. 중학교 때 위치(witch, 마녀.—옮긴이)라는 말을 배운 적이 있는데, 이 여자의 인상이 바로 딱 그래 보였다. 아무리 마녀라 해도 이미 한 남자의 아내이니 겁낼 필요는 없을 듯했다.

결국 내일 이사를 하기로 했다. 돌아오는 길에 돌풍이 빙수를 한 그릇 사 주었다. 학교에서 처음 만났을 때는 아주 시건방진 놈이라고 생각했는데, 이렇게 친절하게 도와주는 걸로 보아 그리 나쁜 인간은 아닌 듯했다. 다만 나처럼 성질이 급하고 뻣성장이인 것 같았다. 나중에 들은 이야긴데, 학생들 사이에서는 인기가 가장 좋다고 했다.

## 제 3 장
# 깡촌에서 교사로 살아가기

마침내 학교에 출근했다. 처음 교단에 올랐을 때는 뭔가가 좀 이상했다. 수업을 하는 내내 '내가 과연 선생을 할 수 있을까?' 하는 생각이 머릿속을 떠나지 않았다. 학생들은 몹시 소란스러웠다. 걸핏하면 큰 소리로 "선생님, 선생님!" 하고 소리쳐 불렀다. 선생님이란 말에 순간순간 가슴이 철렁했다. 지금까지 "선생님, 선생님!" 하고 불러 대기만 했는데, 막상 학생들에게 '선생님'이라고 불리니까 그 느낌이 하늘과 땅의 차이만큼 달랐다. 발바닥이 괜스레 간질간질했다.

나는 비겁한 인간이 아니다. 겁쟁이도 아니다. 그런데 애석하게도 간이 엄청 작다. 큰 소리로 '선생님'이라 부르는 소리를 들는 순간, 마치 배가 고플 때 도쿄 관청가에서 울리는 정오의 대포 소리를 듣는 것 같은 느낌이 들었다.

첫 시간은 그럭저럭 때웠다. 딱히 나를 곤란하게 만드는 질문이 나오지도 않았다. 교무실로 돌아왔더니 돌풍이 첫 수업이 어땠느냐고 넌지시 물었다. 그저 그랬다고 대답하자 왠지 마음이 놓이는 듯한 표정을 지었다.

둘째 시간에 분필을 들고 교실로 들어가는데, 괜스레 적지로 뛰어드는 듯한 느낌이 들었다. 막상 교실로 들어섰더니 온통 덩치들만 모인 반이었다. 나는 도회지 출신인 데다 몸이 가늘고 아담해서 교단에 올라섰는데도 도무지 위엄이 서지 않았다. 싸움이라면 씨름 선수하고 붙어도 자신이 있지만, 이렇게 덩치가 산만 한 놈들 사십 명을 앞에다 두고 말발 하나로 굴복시킬 솜씨는 없었다.

그렇지만 이런 촌놈들한테 기가 눌려 버리면 살아남기 힘들다는 생각에 가능한 한 큰 소리로 수업을 진행했다. 처음에는 학생들도 그 기세에 눌려 멍하니 듣고만 있었다. 옳다구나, 하는 생각이 들어서 도쿄의 공돌이 특유의 어투로 세차게 밀고 나갔다. 그러자 맨 앞줄 중간에 앉아 있던 녀석이 갑자기 벌떡 일어서서 "선생님!" 하고 부르는 것이 아닌가. 마침내 올 것이 오고야 말았구나. 하지만 나는 아무렇지도 않은 듯이 태연하게 무슨 일이냐고 물었다.

"말씀이 너무 빨라서 도통 못 알아듣겠어요. 좀 천천히 말씀하시면 안 돼요?"

못 알아듣겠으니 천천히 해 달라고? 이거, 아주 기가 죽은 말투가 아닌가.

"내 말이 너무 빠르다면 천천히 하려고 노력하겠다. 하지만 난 도쿄 출신이라 이 고장 사투리를 모른다. 못 알아듣는 말이 있더라도 좀 참고 기다리면 어떻겠니? 곧 알아듣게 될 테니까 너무 걱정하지 말고."

그렇게 해서 두 번째 시간은 생각보다 쉽게 넘어가는 듯했다. 그런데 수업이 거의 다 끝나 가는 무렵에 학생 하나가 문제를 내밀며 풀어 달라고 하지 않는가. 아무리 들여다봐도 도저히 풀 수 없을 것 같았다. 등허리에서 식은땀이 줄줄 흘러내렸다. 할 수 없이 나도 잘 모르겠으니까 연구를 좀 하고 나서 다음 시간에 가르쳐 주겠노라고 말한 뒤 서둘러 교실을 빠져나왔다. 그러자 뒤에서 곧바로 웅성대는 소리가 들렸다.

"선생이 모른단다, 모른대."

등신 같은 놈들! 아무리 선생이라도 모르는 게 있는 거지. 모르는 걸 모른다고 했는데 대체 뭐가 문제야? 그런 것까지 다 알 정도면 고작 월급 40엔을 받겠다고 이런 깡촌에 올 리가 없잖아.

기진맥진한 얼굴로 교무실에 들어섰더니, 돌풍이 이번 시간은 어땠느냐고 또 물었다.

"그렇지요, 뭐."

나는 건성으로 대답했다가 그것만으로는 부족하다는 생각이 들어서 이렇게 덧붙였다.

"여기는 뭘 모르는 애들 천지네요."

돌풍은 그 말을 듣고 묘한 표정을 지었다.

3교시도, 4교시도, 점심 시간 후의 5교시도 다 그렇고 그랬다. 첫날 수업에서 약간 실수를 한 것 같았다. 선생 일이란 게 보기보다 그리 편하지 않다는 생각이 들었다. 수업이 끝났다고 해서 그냥 집으로 돌아갈 수도 없었다. 4시까지는 무작정 멍하니 앉아 있어야 했다. 4시가 되어 내가 담당하는 반 아이가 청소를 마쳤다고 보고하면 직접 가서 일일이 검사를 해야 했다. 그런 다음에 출석부를 점검하고서야 하루 일과가 끝났다.

아무리 쥐꼬리만 한 월급에 매인 몸이라고는 하지만, 빈 시간까지 학교에 잡아 두고 책상만 바라보며 있으라니! 세상에 이런 법도 있나? 그러나 다른 선생들은 아무 말 없이 규칙을 따르고 있었다. 신참 주제에 불평불만을 늘어놓는 건 좋지 않을 듯해서 일단은 참아 보기로 했다.

퇴근 무렵에 돌풍한테 불만스럽다는 뜻을 슬쩍 내비쳤다. 아무 할 일도 없이 4시까지 무조건 학교에 잡혀 있는 건 말이 안 된다고 툴툴거렸다. 돌풍은 지당한 말이라며 아하하하, 하고 웃었다. 그러다가 사뭇 진지한 표정으로 충고를 곁들였다.

"학교에 대한 불만을 너무 노골적으로 드러내는 건 좋지 않아. 아주 묘한 인간들이 있어서 매사에 조심해야 하니까. 정 불만이 있을 땐 나한테만 말하도록 해."

마침 사거리에 이르는 바람에 그 이유도 듣지 못한 채 헤어지고 말았다.

집으로 돌아오자 하숙집 주인이 차를 타 주겠다며 방으로 들어왔다. 차를 한잔 얻어 마시는 줄 알았더니, 내 차를 제멋대로 타서는 후루룩 마셔 버렸다. 하는 꼬락서니로 보건대, 내가 없을 때는 마음대로 방에 들어와, "자, 차 한잔 드시죠." 하고 중얼거리고는 저 혼자 홀짝홀짝 마셨을지도 모를 노릇이었다.

"저는 고서화(옛날에 쓴 글씨나 그림.—옮긴이)를 좋아해 이렇게 장사까지 하게 되었습지요. 선생님도 척 보기에도 대단한 풍류객이신 듯하니, 이참에 한번 즐겨 보시는 게 어떻겠습니까?"

흠, 이 어쭙잖은 주인장이 말도 안 되는 소리로 나를 유혹하려 들었다.

이 년 전에 어떤 사람의 심부름으로 제국호텔에 갔다가 열쇠 수리공으로 오해받은 적이 있었다. 담요를 머리에 덮어쓰고 가마쿠라의 대불상을 구경 갔을 때는 인력거꾼이 나를 노가다 십장으로 봤다. 그것 말고도 여태까지 수많은 오해를 받아 왔지만, 내 얼굴 앞에서 풍류객이라 말한 사람은 단 한 명도 없었다.

사람이란 대충 그 차림새나 인상을 보면 다 안다. 풍류객이라면 그림 같은 데 나오는 것처럼 두건을 쓰거나 조붓한 종이 뭉치를 하나쯤 들고 있어야 하지 않는가. 이런 나를 아주 태연한 얼굴로 풍류객이니 뭐니 하고서 주절거리다니! 이놈, 정말 만만치 않은 인간인걸.

"나는 한가하게 음풍농월을 즐기는 은자 같은 생활은 싫소."

주인은 헤헤헤헤 웃으면서 차를 홀짝 마셨다.

"처음부터 좋아하는 사람은 없지만, 일단 이 길로 들어서면 절대로 그만둘 수 없게 되지요."

사실은 어제 저녁에 주인에게 차를 사 달라고 부탁해 두었다. 그렇지만 나는 이렇게 향이 짙고 맛이 쓴 차는 좋아하지 않았다. 한 잔만 마셔도 위가 쓰라렸다. 다음에는 쓰지 않은 놈으로 사 달라고 하자, 잘 알았다면서 한 잔을 더 따라 마셨다. 공짜라면 뭐든 마셔 댈 놈이었다. 주인이 물러나자, 나는 내일 수업 준비를 하고 나서 바로 잠자리에 들었다.

그 뒤로 매일매일 학교에 나가 정해진 일정대로 일을 했다. 집에 돌아오면 날마다 주인이 나타나 차를 타 주겠다고 말했다. 일주일쯤 지나자 학교가 돌아가는 모양새도 얼추 파악이 되었고, 하숙집 부부의 성향도 어느 정도는 알 만했다.

다른 선생들 말로는 발령장을 받고 일주일에서 한 달 정도 사이에는 자신이 어떤 평가를 받는지 몹시 궁금해한다고 했다. 하지만 나는 눈곱만큼도 그런 생각이 들지 않았다.

교단에서 사소한 실수를 했을 때는 마음이 좀 불편했지만 삼십 분만 지나면 깨끗이 잊어버렸다. 나는 무슨 일이건 오래 마음에 담아 두고서 되새기며 따져 보는 성격이 아니었다. 교실에서 저지른 실수가 학생들에게 어떤 영향을 끼치고, 또 그것을 안 교장이나 교감이 어떤 반응을 보일지에 대해선 아무 관심이 없었다.

나는 대단한 배짱을 지니고 있지는 않았지만 끊고 맺는 것만큼은 아주 산뜻했다. 이 학교에서 버티지 못하면 다른 곳으로 가면 된다고 생각하고 있었기에 너구리도 빨간 셔츠도 도무지 두렵지가 않았다. 하물며 교실에 앉은 조무래기들에게야 애교도, 겉치레도 전혀 필요 없었다.

그리하여 학교생활은 별문제가 없는 것 같은데, 하숙집은 그렇지가 않았다. 주인이 차를 마시러 오는 것까지는 그런대로 참아 줄 만한데, 내 방으로 온갖 물건을 다 가져와서 늘어놓았다. 처음 가져온 것은 도장인데, 열 개 정도를 늘어놓고 3엔이면 아주 싼 거니까 얼른 사라고 재촉했다.

"장터마다 돌아다니는 허접한 그림쟁이도 아니고……."

나는 손을 내저으며 싫다고 했다. 이번에는 가잔(일본의 학자이자 화가. 초상화를 잘 그렸으며, 일본 미술에 서양화의 원근법을 도입했다.—옮긴이)인지 뭔지 하는 사람의 화조 벽걸이 그림을 들고 왔다. 제 손으로 벽에다 걸고 아주 잘 그린 그림이 아니냐고 하기에, 그런 것 같기도 하다며 인사치레로 적당히 얼버무렸다. 가잔도 머시기 가잔과 거시기 가잔이 있는데, 이 그림은 머시기 가잔의 것이라는 둥 하면서 재미도 없는 설명을 한참 동안 늘어놓았다.

그러고선 선생에게는 특별히 15엔에 주겠다며 무작정 사라고 닦달을 해 댔다. 돈이 없다며 한사코 거절했더니, 돈 같은 건 언제 줘도 괜찮다며 물러서지 않았다. 그래서 결국은 돈이 있어도 사고 싶지 않다고 말해서 가까스로 쫓아냈다.

그다음에는 커다란 벼루를 들고 왔다.

"이거 단계라는 겁니다, 단계입지요."

두 번 세 번 강조하기에 조금 흥미를 느끼고 단계가 뭐냐고 물었다. 그러자 물고기가 물을 만난 듯 청산유수로 설명을 늘어놓기 시작했다.

"단계에는 상중하가 있어요. 요새는 대체로 상품을 선호하지만, 이건 중품이지요. 이 눈을 한번 보세요. 눈이 세 개나 붙은 건 정말 드물어요. 실제로 먹을 갈면 느낌이 아주 좋아요. 한번 해 보시라니까요."

그러면서 내 앞으로 벼루를 내밀었다. 나는 별수 없이 값이 얼마냐고 물었다. 주인은 중국에서 일부러 가져와 꼭 팔아 달라고 하니 좀 싸게 해서 30엔 정도면 된다고 하지 않는가. 세상에, 도적놈 같으니라고! 한마디로 구제 불능에다 멍청이였다. 학교 쪽은 어떻게든 버텨 보겠는데, 이 무차별적인 골동품 공격은 도저히 참고 견디기가 힘들었다. 그러는 사이에 학교 일도 슬슬 지겨워지기 시작했다.

어느 날 밤, 오마치라는 곳을 어슬렁거리며 걸어가고 있었다. 도쿄라는 문구가 든 간판을 매단 메밀국수 집이 하나 눈에 들어왔다. 나는 메밀국수를 미치게 좋아했다. 도쿄에 있을 때도 메밀국수 집 앞을 지나다가 향신료 냄새를 맡으면 도저히 그냥 지나치지 못하고 무작정 문을 열고 들어가곤 했다.

지금까지 수학과 골동품 때문에 메밀국수를 깜빡 잊고 지냈는데, 이렇게 간판을 보니 도저히 그냥 지나칠 수가 없었다. 내친 김에 한 그릇 먹고 가려고 가게 안으로 들어섰다. 안에 들어가 보니 간판 분위기하고는 사뭇 달랐다. 간판에 도쿄를 매단 만큼 좀 깨끗하면 좋으련만, 도쿄를 모르는지 돈이 없는지 무진장 더러웠다. 다다미는 온통 색이 바랜 데다가 모래까지 버석거렸다.

벽은 그을음으로 새카맸다. 천장에도 그을음이 잔뜩 껴 있었는데, 낮기까지 해서 목이 저절로 움츠러들었다. 다만 요란하게 춤을 추듯 그려진 메밀국수 글자와 그 아래에 붙은 가격표만큼은 아주 반듯했다. 아마도 오래된 집을 구매해서 이삼 일 전에 막 문을 연 식당 같았다. 가격표의 맨 위가 튀김 메밀국수였다.

"어이, 튀김 메밀 일 인분!"

나는 큰 소리로 외쳤다. 바로 그때 구석 자리에 앉아 면을 후룩후룩 들이마시던 애송이 셋이 일제히 나를 바라보았다. 실내가 어두워서 있는 줄도 몰랐는데, 얼굴을 마주치고 보니 모두 우리 학교 학생이었다. 아이들이 인사를 하기에 나도 답례를 했다. 오랜만에 먹는 메밀국수여서 그런가? 하도 맛있어서 사 인분이나 먹어 치웠다.

다음 날 아무 생각 없이 교실로 들어서는데, 칠판에 커다란 글씨로 '튀김 선생'이라 적혀 있는 게 보였다. 학생들은 내 얼굴을 보자마자 한꺼번에 웃음을 터뜨렸다. 나는 하도 어이가 없어서 튀김 메밀국수를 먹은 게 뭐가 그리도 이상하냐고 물었다. 그러자 학생 하나가 이렇게 대꾸했다.

"아무리 그래도 사 인분은 좀 심하지 않아요?"

사 인분이건 오 인분이건 내 돈으로 내가 먹는데 무슨 잔말이 그리도 많은지……. 나는 곧바로 수업을 시작한 다음, 수업 종료 나팔 소리가 울리자마자 교무실로 돌아왔다.

쉬는 시간이 끝나고 옆 교실로 들어섰더니, "앉은자리에서 튀김 메밀국수 사 인분! 단, 웃으면 안 돼!"라는 글자가 칠판에서 춤을 추었다. 아까하고는 달리, 화가 나지는 않았지만 짜증이 확 솟구쳤다. 농담도 도가 지나치면 시비가 되는 법! 구운 떡에 달라붙은 검댕이와 비슷해서 그 누구도 좋아할 수 없는 것이다.

촌놈들이다 보니 애송이 선생한테 이런 장난쯤은 무작정 밀어붙여도 괜찮다고 생각하는 것이 분명했다. 한 시간만 걸으면 더는 볼 것도 없을 만큼 좁아터진 동네에 살다 보니 달리 즐거운 일도 없을 테지. 그래서 튀김 메밀국수 사건을 러일 전쟁 무용담이라도 되는 듯이 떠벌이는 것이 아닐까.

불쌍한 놈들이다. 어릴 적부터 이런 교육 환경 속에서 심사가 꽤 비틀어진 통에, 화분에 심은 단풍나무처럼 꼬불꼬불 꼬여서 메말라 버리고 만 것이다. 천진난만한 농담이라면 같이 웃어 주겠지만, 아무리 생각해도 그럴 일은 아닌 것 같았다. 어린놈들이 묘하게 독기를 품은 듯이 느껴졌다.

나는 조용히 낙서를 지우고는, 이런 장난이 재미있느냐며 정색한 표정으로 물었다.

"한마디로, 이런 행동은 비겁하다. 너희들, 비겁하다는 게 무슨 뜻인지 알아?"

그러자 한 녀석이 나서서 대꾸를 했다.

"자신이 한 행동을 두고 웃는다고 해서 화를 내는 것이 더 비겁한 거 아니에요?"

아주 골 때리는 놈이다. 도쿄에서 이 먼 곳까지 이런 놈들을 가르치러 온 것인가, 하는 생각이 들어서 나 자신이 한없이 처량하게 느껴졌다.

"말도 안 되는 억지는 이쯤에서 집어치우고 공부나 열심히 하시지!"

나는 이렇게 한마디 툭 던지고는 곧장 수업을 시작했다.

그다음 시간에 수업을 하러 교실에 들어섰을 때도 칠판에 낙서가 적혀 있었다.

"튀김 메밀국수를 먹으면 억지를 부리고 싶어지는 법이니라!"

이것들을 도대체 어떻게 하면 좋을까. 나는 너무나 화가 치민 나머지, "이렇게 건방진 놈들하고는 수업하기 싫다." 하고 소리치고는 그대로 나와 버렸다. 졸지에 휴식 시간을 얻은 학생들이야 더할 나위 없이 즐거웠을 것이다. 이쯤 되고 보니 학교보다 골동품이 더 낫다는 생각이 들었다.

까짓거 튀김 메밀국수 소동도 집에 돌아와서 하룻밤 자고 일어나자, 그다지 마음에 걸리지는 않았다. 다음 날 학교에 갔더니 학생들도 죄다 나와 있었다. 도무지 뭐가 뭔지 모르겠다. 그다음 사흘 동안은 아무 일 없이 휘리릭 지나갔다.

나흘째 되는 날은 스미타라는 곳에 가서 경단을 먹었다. 스미타는 온천 거리를 말하는데, 성하촌에서 기차를 타고 십 분 거리에 있었다. 걸어서는 삼십 분 정도 걸렸다. 그 거리에는 음식점과 온천 여관, 유곽(창녀를 두고, 남자에게 몸을 파는 일을 영업으로 하는 집.—옮긴이) 등이 늘어서 있었다.

하필이면 맛있기로 소문난 그 떡집이 유곽 입구에 있었는데, 온천을 하고 돌아오는 길에 딱 한 번 먹어 보았다. 이번에는 학생을 만나지 않아서 아무도 모를 거라고 생각했다.

그런데 다음 날 학교에 가서 교실로 들어섰더니 칠판에 떡하니 "경단 두 접시 7전."이라고 적혀 있었다. 딱 맞았다. 실제로 어제 경단 두 접시를 먹고 7전을 냈다.

이거, 정말 골 때리는 놈들이다. 둘째 시간에는 다른 교실에도 분명 뭔가 있을 거라는 생각이 들었다. 아니나 다를까, 칠판에 "유곽의 경단. 아, 맛있어! 맛있어!"라고 적혀 있었다. 하나같이 어이없는 놈들이다.

경단 건이 그럭저럭 끝났는가 싶었더니, 이번에는 빨간 수건이 또 야단이었다. 무슨 일인가 보았더니, 참으로 하잘것없는 사연이었다. 나는 이곳에 온 뒤로 매일 스미타 온천에 갔다. 다른 곳은 어디를 보나 도쿄하고는 비교조차 안 되지만, 온천만큼은 매우 훌륭했다.

이것도 인연이라면 인연! 나는 날마다 저녁을 먹기 전에 운동 삼아 온천으로 걸어갔다. 그때마다 서양식 큰 수건을 가지고 다녔는데, 이 수건이 온천물에 젖으면 빨간 줄무늬가 더 선명해졌다. 나는 이 수건을 온천뿐 아니라 언제 어디든 늘 갖고 다녔다. 그것을 학생들이 본 모양이었다. 언젠가부터 나를 두고 "빨간 수건, 빨간 수건!" 하고 불러 대었다.

좁은 데 살다 보니 별게 다 이야깃거리가 되었다. 또 있다. 온천은 삼층 신축 건물에다 아주 멋진 목욕옷까지 빌려 주었다. 목욕비까지 포함해서 모두 8전이었다. 게다가 여종업원이 쟁반에 찻잔을 올려서 가져다주었다.

　나는 늘 최상급의 서비스를 받았다. 월급 40엔을 받는 사람이 매일 최상의 목욕을 즐기는 것은 사치라나? 남 일에 웬 말이 그리도 많은지……. 그것 말고도 또 있다. 욕탕은 화강암으로 둘러쳐져 있는데, 여덟 평쯤이나 될까. 어쨌든 꽤 넓은 공간이었다. 보통은 열서너 명이 몸을 담그고 있지만 어떤 때는 텅 비기도 했다. 가슴까지 물에 잠기는 깊이라 운동 삼아 온천탕에서 헤엄을 치면 기분이 참 좋았다. 나는 사람이 없을 때는 여덟 평 넓이의 욕탕에서 실컷 헤엄을 치며 좋아라 했다.

　어느 날 삼층에서 기세 좋게 아래로 내려가 헤엄이나 칠까, 하고 안을 들여다보았다. 그런데 탕 옆에 검은 글씨로 '수영 금지'라고 쓴 커다란 팻말이 떡 걸려 있는 게 아닌가. 탕 안에서 헤엄치는 인간은 그리 흔하지 않을 테니, 아마도 나를 두고 특별히 만들어서 걸어 둔 모양이었다. 그길로 나는 수영을 포기했다.

　그런데 며칠 후, 칠판에 "욕탕에서는 수영 금지!"라고 적혀 있는 것을 보고 깜짝 놀라고 말았다. 전교생이 나를 추적 조사하는 듯한 느낌마저 들었다. 마음이 한없이 울적해졌다. 학생들이 뭐라 하건 말건 해야 할 일을 그만둘 내가 아니긴 하지만, 전생에 무슨 죄를 지어서 남의 코딱지까지 다 들여다보는 이런 시골 동네에 와서 살고 있는지 생각할수록 한심하고 서글펐다.

　그런 다음에 집으로 돌아오면 골동품 공략이 시작되었다.

제 4 장
# 한밤중의 메뚜기 소동

학교에는 숙직이란 것이 있어서 선생들이 번갈아 맡는다. 다만 너구리와 빨간 셔츠는 예외다. 이 두 사람이 그런 의무를 지지 않는 까닭은 교장과 교감에 대한 대우라고 한다. 쳇, 뭐야? 월급도 많이 받으면서 수업도 거의 하지 않는 데다 숙직까지 면제라니! 세상에 뭐 이렇게 불공평한 일이 다 있어? 제멋대로 규칙을 정해 두고는 그걸 엄청 당연하게 생각한다. 그래서인지 그런 뻔뻔스런 짓거리를 하고서도 태연하기 짝이 없다.

여기에 대해 불만을 터뜨렸더니 돌풍이 이렇게 말했다.

"아무리 혼자서 안달복달해 봐야 소용없어."

혼자건 둘이건 올바른 일이라면 내세우는 게 마땅하지 않은

가. 돌풍은 "Might is right."라고 덧붙였다. 그게 무슨 말이냐고 물었더니 '강자의 권리'라나? 강자의 권리라면 나도 알 만큼 안다. 새삼스레 돌풍한테 설명을 들을 필요도 없다. 그렇지만 강자의 권리와 숙직은 다른 문제다. 너구리하고 빨간 셔츠가 강자라니! 누가 인정이나 한대?

옳건 그르건 상관 없이 나에게도 마침내 숙직 순서가 돌아왔다. 나는 나름 결벽증이 있어서 남의 이불을 덮고는 잠을 못 잔다. 그래서 어릴 적부터 친구 집에서 자 본 적이 없다. 친구 집도 싫은데 하물며 숙직실이라니! 죽기보다 싫었다. 그렇지만 이것도 40엔 안에 포함된 것이라 어쩔 수 없었다. 참고 해 보는 수밖에.

선생도 학생도 다 가 버린 학교에 혼자서 멍하니 앉아 있다 보니, 정말로 멍청이가 되어 버린 것 같은 기분이 들었다. 숙직실은 학교 건물 뒤편에 있는 기숙사 건물에서도 서쪽 맨 끝방이었다. 슬쩍 들어가 봤더니, 서쪽에서 햇살이 비쳐들어 후텁지근했다. 시골이라서 그런지 가을이 왔는데도 아직 날씨가 몹시 더웠다. 학생들에게 주는 식사를 저녁으로 받아 먹었는데 기가 찰 만큼 맛이 없었다. 이런 걸 먹고 그렇게 설쳐 댈 수 있다니, 그저 감탄스러울 따름이었다.

저녁밥을 먹긴 했지만 아직 해가 떨어지지 않은 터라 잠을 자기에는 너무 일렀다. 문득 온천에 가고 싶다는 생각이 들었다.

숙직을 서면서 외출을 하는 게 좋은 건지 나쁜 건지 잘 모르겠지만, 이렇게 멍하니 감옥에 갇혀 있는 건 도저히 참을 수가 없었다.

처음 학교에 왔을 때 숙직 선생이 어디 있느냐고 사환에게 물은 적이 있었다. 그때 잠시 볼일을 보러 밖으로 나갔다는 사환의 말에 묘한 느낌을 받았는데, 이제 와 생각해 보니 그게 뭔지 알 것 같았다. 일단 밖으로 나가는 게 정답이었다.

내가 사환에게 잠깐 나갔다 오겠다고 했더니, 무슨 일이냐고 다그쳐 물었다. 나는 온천에 간다고 정직하게 대답하고는 곧바로 나와 버렸다. 빨간 수건을 하숙집에 두고 온 것이 못내 애석했지만, 오늘만큼은 온천 걸 빌려 쓰기로 했다.

나는 아주 느긋하게 탕에 들어갔다 나왔다를 반복했다. 그러고 나서 기차를 타고 고마치 역에서 내렸다. 여기서 학교까지는 사백 미터 정도. 그리 먼 거리도 아니었다. 천천히 걸어가고 있는데 맞은편에서 너구리가 나타났다. 너구리는 이제 기차를 타고 온천에 가려는 참인 듯했다. 너구리가 내게로 성큼성큼 다가오기에 별생각 없이 가볍게 인사를 했다. 그러자 너구리가 아주 심각한 표정으로 물었다.

"오늘 숙직이 아닌가요?"

다 알면서 왜 물어? 바로 두 시간 전에 내 자리로 와서, 오늘 밤 첫 숙직이라 고생이 많겠다고 말하지 않았던가. 교장이 되면 쓸데없이 말을 빙빙 돌려서 하는 버릇이라도 생기는 모양이었다. 나는 부아가 훅 치밀었다.

"예, 숙직입니다. 숙직이라서 지금 학교에 들어가는 중입니다. 오늘 밤에 학교를 열심히 잘 지킬 겁니다."

나는 내뱉듯이 이렇게는 말하고는 성큼성큼 걸어가 버렸다. 다테마치 사거리에 이르렀을 때는 뜻밖에도 돌풍과 딱 부딪쳤다. 정말로 좁아터진 동네였다. 몇 발짝만 걸어가면 반드시 아는 사람과 마주쳤다.

"어, 오늘 숙직 아닌가?"

"네, 숙직이죠."

"숙직인데 이렇게 나돌아다니면 안 되지 않나?"

"안 되긴 뭐가요? 학교에 가만히 있는 게 더 이상하지."

나는 부러 허세를 부렸다.

"정말 못 말리는 농땡이네. 그러다 교장이나 교감을 만나면 어쩌려고 그래?"

정말이지 돌풍에게 어울리지 않는 말이었다.

"교장은 벌써 만났어요. 이렇게 더운 날에 꼼짝 않고 숙직을 서는 건 정말 헛고생이라며 교장이 되레 칭찬을 하던걸요?"

돌풍과 더 말을 나누다가는 짜증이 치밀 것 같아서 곧장 학교로 돌아갔다.

곧 날이 저물었다. 밖이 어두워진 다음에 사환을 숙직실로 불러 두 시간가량 이야기를 나누었다. 그것도 지겨워져서 자지는 않더라도 일단 자리에 누워 있을 생각으로 잠옷을 입고 모기장 안으로 들어갔다. 그러고는 빨간 담요를 훅 걷어차 버리고 바닥에 털썩 주저앉았다가 벌러덩 드러누웠다.

자기 전에 엉덩이로 바닥에 털썩 주저앉는 것은 어릴 적부터의 버릇이었다. 오가와마치 하숙집에 살 때 아래층에 살던 법률학교 학생이 방이 울린다고 불평한 적이 여러 차례 있었다. 그 학생은 힘도 약한 주제에 말 하나는 청산유수여서 도무지 상대할 수가 없었다. 그래서 잠자기 전에 텅, 소리가 나는 것은 내 엉덩이 잘못이 아니라 집을 조잡하게 지은 탓이니 불평은 하숙집에다 하라고 소리를 버럭 질러 코를 납작하게 만들어 버렸다.

그렇지만 이 숙직실은 이층이 아니니까 아무리 세차게 엉덩이로 바닥을 찧고 벌러덩 드러누워도 괜찮았다. 가능한 한 세차게 엉덩이로 바닥을 쳤다. 그러고는 기분 좋게 다리를 쭉 뻗는데 뭔가가 두 발에 척 달라붙었다. 감촉이 거칠거칠한 게 일단 벼룩은 아닌 것 같았다.

나는 깜짝 놀라서 몸을 흠칫하며 담요 속에서 발을 두세 번 흔들었다. 그러자 그 거칠거칠한 놈이 기하급수적으로 불어났다. 정강이에 대여섯 마리, 허벅지에 두세 마리, 엉덩이에 제대로 깔려 찌부러뜨린 놈이 한 마리, 배꼽 언저리로 튀어오른 놈이 한 마리……. 나는 벌떡 일어나 담요를 휙 들쳤다. 그러자 메뚜기

오륙십 마리가 한꺼번에 튀어나왔다.

정체를 몰랐을 때는 기분이 음침했지만, 메뚜기인 걸 알고 나자 화가 불쑥 치밀었다. 메뚜기 주제에 감히 사람을 놀라게 하다니! 베개를 덥석 집어 들고 바닥을 두세 번 내리쳤다. 하지만 상대가 너무 작아서 아무리 세차게 쳐 봐도 별 효과가 없었다. 할 수 없이 다시 이불 위에 앉아서는 돗자리를 돌돌 말아 다다미 바닥을 무작정 내리쳤다.

그 기세에 놀랐는지 메뚜기들이 마구 튀어올라 어깨, 머리, 코끝에 달라붙기도 하고 부딪치기도 했다. 얼굴에 붙은 놈을 베개로 내려칠 수 없는 노릇이라 손으로 잡아 바닥에 내리꽂았다.

그러나 짜증스럽게도 아무리 힘껏 내리쳐도 모기장 안이라 출렁거리기만 할 뿐 크게 소용은 없었다. 메뚜기들은 그저 모기장에 달라붙을 뿐, 죽지도 않고 다치지도 않았다. 그렇게 삼십 분을 씨름해서야 겨우 메뚜기들을 물리쳤다. 나는 빗자루를 들고 와 죽은 메뚜기를 모조리 쓸어 냈다.

그제야 사환이 나타나 무슨 일이냐고 물었다. 나는 메뚜기를 이불 밑에 숨겨 놓는 놈들이 세상에 어디 있느냐고 고함을 질러 댔다. 사환은 어쩔 줄 몰라 하며 변명을 늘어놓았다.

"애고, 저는 모르는 일이에요."

"모른다는 게 말이 돼?"

나는 빗자루를 마루 쪽으로 휙 집어 던졌다. 사환은 한껏 쫄아서는 빗자루를 주워 들고 그대로 도망쳐 버렸다.

나는 곧장 기숙사 학생 대표 셋을 불러들였다. 그랬더니 여섯 명이 나타났다. 여섯이건 열이건 내가 기죽을 줄 알아? 나는 잠옷 소매를 걷어붙이고 담판을 지었다.

"이 방에 왜 메뚜기가 우글거리는 거야!"

"메뚜기가 어떻게 됐다고요?"

한 놈이 바로 반격해 왔다. 아주 침착한 모습이었다. 이 학교는 교장뿐 아니라 학생까지 배배 꼬인 말을 구사했다.

"메뚜기를 몰라? 모른다면 내가 보여 주지."

그렇지만 다 쓸어내 버리는 바람에 한 마리도 남아 있지 않았다. 나는 급히 사환을 불렀다.

"아까 그 메뚜기 가져와."

"벌써 쓰레기통에 버렸는데요. 주워 올까요?"

"당장 가서 주워 와."

사환이 재빨리 달려 나갔다. 이윽고 조그만 종이 위에 메뚜기를 열 마리 정도 담아 왔다.

"죄송하지만 날이 너무 어두워서 찾지를 못하겠더라고요. 내일 날이 밝으면 더 찾아오도록 할게요."

이놈도 멍청하기 짝이 없었다. 나는 메뚜기 한 마리를 집어서 학생에게 보여 주었다.

"이게 바로 풀밭에 사는 메뚜기라는 놈이야. 덩치는 산 만한 게 아직 메뚜기도 몰라?"

그러자 맨 왼쪽에 있던, 얼굴이 둥그스름한 놈이 말했다.

"그거 풀무치 같은데."

이 녀석이 시건방지게 나를 가르치려 들었다.

"이런 꼴통! 풀무치건 메뚜기건, 지금 그게 중요해? 그리고 선생님이 말씀하시는데 '같은데'가 뭐야? 그런 말은 머리 나쁜 너희 친구한테나 하는 말이잖아."

"제 친구들 머리 나쁜 것 같지 않은데-요."

이놈은 어째 '같다' 혹은 '같지 않다'라는 말밖에 모르는 모양이었다.

"풀밭이나 논바닥에 있어야 할 메뚜기가 왜 내 방에서 기어 다니는 거냐고! 내가 언제 방에다 메뚜기를 넣어 달라고 부탁이라도 했어?"

"아무도 넣지 않은 것 같은데-요."

"아무도 안 넣었는데 왜 메뚜기 떼가 숙직실 방바닥에 있는 건데?"

"풀무치는 따뜻한 곳을 좋아하니까 제 발로 기어 들어온 것 같은데-요."

"말도 안 되는 소리! 메뚜기가 저 혼자 멋대로 들어왔다니! 그게 말이 돼? 자, 어서 말해 봐. 왜 이런 장난질을 쳤는지."

"말하라니요? 하지도 않은 일을 억지로 설명하기는 힘들 것 같은데-요."

　구차한 놈들이다. 제가 한 일을 떳떳이 밝히지 못할 거라면 아예 하지를 말아야지. 증거만 없다면 시치미를 뚝 떼고 뻔뻔스럽게 버틸 속셈이었다.

　나도 중학생 때는 장난질이 좀 심했다. 그렇지만 절대로 꽁무니를 빼는 비겁한 짓은 하지 않았다. 한 것은 한 것이고 안 한 것은 안 한 것이다. 나로 말할 것 같으면 장난질을 쳐도 순수했다는 뜻이다. 거짓말로 책임을 회피할 정도라면 애당초 하지도 않았다.

　장난질에는 반드시 벌이 따른다. 벌이 있으니까 장난질이 짜릿한 거다. 장난만 치고 벌은 받지 않겠다는 비열한 근성이라니! 대체 어느 나라의 버르장머리란 말인가. 돈을 빌려 놓고 갚지 않으려는 것도 다 이런 놈들이 학교를 졸업하고 나서 벌이는 짓거리가 분명하다.

　도대체 중학교에는 왜 들어왔어? 학교에 들어와서 거짓말이나 하고 남몰래 못된 짓만 골라 하는 시건방진 놈들 같으니라고. 그런 주제에 졸업장 하나 거머쥐고선 착각에 빠져 뻔뻔스런 낯짝으로 교육을 받았답시고 뻐기며 다니겠지. 참으로 쓸모없는 쭉정이들.

　나는 이렇게 썩어빠진 정신을 가진 놈들과 담판을 벌여야 한다는 일 자체가 속이 느글거릴 만큼 기분이 나빴다.

"정 말하기 싫다면 하지 않아도 돼. 중학생씩이나 되어서 좋은 것과 나쁜 것을 구별하지 못한다는 게 안타까울 뿐이지."

그러고는 여섯 명을 방에서 내쫓아 버렸다. 물론 내 말투나 행동이 품위 있다고 생각하지는 않지만, 그 녀석들보다는 훨씬 더 우아하고 점잖다고 자부한다. 여섯 명은 아주 여유를 부리며 자리를 떠났다. 껍데기 하나만은 선생인 나보다 훨씬 더 그럴듯했다. 침착하고 여유로운 것이 더더욱 꼴사나웠다. 나한테는 그 정도의 배짱조차 없었으니까.

다시 잠자리에 들었지만 모기장 안은 아까 그 소동 때문에 붕붕 날아다니는 모기들로 소란스럽기 짝이 없었다. 초에 불을 붙여 한 마리씩 태우는 것도 귀찮을 듯해서 모기장 끈을 아예 푼 다음 길게 접어서 마구 휘둘렀다. 그러자 곧 고리가 툭 끊어지면서 손등을 세차게 쳤다.

세 번째로 이부자리에 들었을 때는 아까보다 조금 더 안정을 찾았지만 좀처럼 잠이 오지 않았다. 시계를 보니 10시 반이었다. 곰곰 생각할수록 정말 골 때리는 곳에 온 것 같았다. 중학교 선생이 되면 어디를 가나 이런 꼴을 당해야 하는 걸까? 그렇다면 참으로 가련한 노릇이 아닐 수 없었다. 선생이란 존재가 아직도 있다는 것 자체가 신기할 지경이었다. 아주 참을성 있는 벽창호가 되어 버리기라도 하는 모양이었다.

나는 도저히 참아낼 수 없을 것 같았다. 가만히 생각해 보니,

키요는 정말 대단하다는 생각이 들었다. 교육도 받지 못한 할머니지만 인간적으로는 충분히 존경할 만했다. 여태 그렇게 도움을 받고도 그리 고마운 생각이 들지 않았는데, 이렇게 홀로 타향에 떨어져 살다 보니 비로소 그 고마움이 절절히 다가왔다.

에치고의 댓닢엿을 먹고 싶다고 하니, 일부러 가서 엿을 사다가 실컷 먹게 해 주어도 아깝지 않을 만큼 가치 있는 사람이란 생각이 들었다. 키요는 나를 두고 욕심이 없고 성격이 올곧아 좋다고 칭찬했지만, 그런 칭찬을 해 주는 쪽이 오히려 더 훌륭한 사람임이 틀림없다. 갑자기 키요가 가슴이 저릴 만큼 그리웠다.

키요를 생각하면서 엎치락뒤치락하는데, 별안간 천장에서 삼사십 명의 학생들이 바닥이 무너져라 발을 쿵쿵 굴렀다. 이어서 발소리에 맞춰 커다란 함성이 쏟아졌다. 나는 무슨 일인가, 하고 깜짝 놀라서 자리에서 벌떡 일어났다. 그러다 아까의 질책에 대한 보복이라는 걸 깨달았다.

스스로 잘못을 인정하지 않는 이상 그 죄는 지워지지 않는다. 자기 잘못은 누구보다 스스로가 가장 잘 알 것이다. 제대로 된 인간이라면 자다가도 반성을 한 뒤, 다음 날 교무실로 찾아와서 사과를 해야 마땅하다. 설령 사과는 하지 않는다 하더라도 미안한 생각에 조용히 잠을 자야 하는 것이다.

그런데 이런 소동을 벌이다니! 일부러 기숙사를 지어 돼지를 기르는 것도 아닐 텐데. 미친놈 흉내도 어느 정도라야지. 어디 한번 해 보자고! 나는 잠옷 차림으로 계단을 두세 칸씩 뛰어 이 층으로 올라갔다.

그러자 참 이상하게도 조금 전까지 쿵쾅거리던 소리가 뚝 멈추고 숨소리조차 들리지 않았다. 아무리 생각해도 묘한 일이었다. 이미 불은 꺼져서 어디가 어딘지조차 분간할 수가 없었다. 하지만 인기척만큼은 충분히 느낄 수 있었다. 동쪽에서 서쪽으로 길게 뻗은 복도에는 쥐 새끼 한 마리 보이지 않았다. 복도 끝에서 비쳐드는 달빛에 저편이 아주 밝았다. 아무래도 이상했다.

나는 어릴 적부터 꿈을 자주 꾸어 영문 모를 잠꼬대로 가족들을 웃기곤 했다. 열여섯인가 열일곱 살 때는 다이아몬드를 줍는 꿈을 꾸고는 벌떡 일어나서 옆에 있던 형한테 다이아몬드를 어떻게 했느냐고 따지고 든 적이 있었다. 그것 때문에 사흘이나 가족들이 놀리고 웃어 대는 통에 체면이 한껏 구겨졌다.

어쩌면 조금 전에 들었던 소리도 꿈이었을지도 모른다. 그렇지만 분명 소리가 들렸는데……. 나는 복도 한가운데에 서서 생각에 잠겼다. 그때 달빛이 비쳐드는 외진 곳에서 마흔 명의 목소리가 한꺼번에 울려 퍼졌다.

"하나, 둘, 셋. 와!"

이어서 조금 전처럼 박자에 맞춰 일제히 바닥을 쿵쿵 울렸다.

"그것 봐. 꿈이 아니라니까. 이 자식들아, 조용히 해! 한밤중인 거 몰라?"

나도 질세라 크게 고함을 지르며 복도 저편을 향해 내달렸다. 내가 뛰어가는 쪽은 몹시 어두웠다. 그저 저편 달빛이 비쳐드는 구석 자리가 목표일 뿐이었다. 두 칸 정도 지났을까? 갑자기 복도 한가운데서 딱딱하고 커다란 뭔가가 정강이에 딱 부딪혔다. 머리에 쥐가 날 정도로 아파서 그만 앞으로 푹 꼬꾸라져 버렸다.

"이 자식들이!"

나는 이렇게 외치며 가까스로 일어나긴 했지만 도저히 발걸음을 뗄 수가 없었다. 마음은 한없이 바쁜데 다리가 말을 듣지 않았다. 가슴이 터져 버릴 것만 같아서 한 발로 깡충깡충 뛰었다. 이미 발소리도 목소리도 들리지 않았다. 사방이 쥐 죽은 듯 조용했다.

아무리 인간이 비겁하기로소니 이렇게까지 할 수는 없었다. 거의 돼지 수준이었다. 이렇게 된 이상 놈들을 모두 찾아내 싹싹 빌게 만드는 수밖에 없었다. 나는 마음을 굳게 먹고 문을 열어 방 안을 일일이 검사해 보려 했다. 그런데 문이 열리지 않았다. 자물쇠를 걸어 두었는지, 책상 같은 걸로 받쳐 두었는지, 밀고 또 밀어도 꿈쩍을 하지 않았다.

이번에는 맞은편 북쪽 방문을 밀어 보았다. 마찬가지였다. 내가 약이 바짝 오른 채 문고리를 잡고 안달하는 동안, 동쪽 끝자락에서 또다시 고함 소리와 함께 발 구르기가 시작되었다. 이 자식들이 작정을 하고 양쪽에서 호응하며 나를 멍청이로 만들고 있었다. 하지만 이 사태를 어떻게 풀어야 할지 알 수가 없었다.

솔직히 고백하면 나는 무모할 만큼 용감하기는 하지만 지혜는 좀 부족한 편이었다. 이럴 때는 어떻게 해야 할지 도무지 갈피를 잡을 수가 없었다. 어쨌든 녀석들에게 지고 싶지는 않았다. 이대로 두어서는 체면이 도저히 말이 아니었다. 도쿄 출신은 기개가 없다는 말 따위를 결코 듣고 싶지 않았다. 숙직을 서다가 코흘리개 꼬마들한테 농락당하고서 아무런 반격도 하지 못한 채 울분을 삼키며 조용히 이불 속으로 파고들 수는 없는 노릇이었다. 그랬다간 일생의 치욕으로 남을 듯했다.

이래 봬도 쇼군(일본 도쿠가와 막부의 우두머리.—옮긴이) 직속 사무라이 집안 출신이었다. 우리 집안은 세이와 천황의 후손 미나모토 미츠나카의 피를 이어받았다. 깡촌 농부들하고는 엄연히 출신 성분이 달랐다. 다만, 머리가 나쁜 게 한스러웠다. 지금의 사태를 어떻게 해결하면 좋을지 모를 따름이었다. 모른다고 해서 질 수는 없었다.

정직해서 모르는 것이었다. 세상에서 정직한 것보다 더 훌륭한 게 있으면 어디 말해 보란 말이야. 오늘 이기지 못하면 내일 이기면 된다. 내일 이기지 못하면 그다음 날 이기면 되는 것이다. 그래도 이기지 못하면 하숙집에서 도시락을 싸 들고 이길 때까지 여기 죽치고 있을 거다.

나는 그렇게 결심하고 복도 한가운데에 퍼질러 앉아서 날이 새기를 기다렸다. 모기가 붕붕 날아다녔지만 꿋꿋이 참고 견뎌 냈다. 아까 뭔가에 부딪혔던 정강이를 손으로 쓰다듬어 보니 끈 적끈적한 것이 묻어 나왔다. 아마도 피가 난 모양이었다. 흥, 피 같은 것 실컷 나라고 그래.

그러다 졸음이 슬슬 밀려와서 까무룩 잠이 들고 말았다. 시간 이 얼마나 지났을까? 주변이 어수선한 듯해서 눈을 떴다가 깜짝 놀라서 벌떡 일어났다.

'앗, 조졌다!'

오른쪽 방문이 반쯤 열리더니, 학생 둘이 내 앞으로 다가와서 우뚝 섰다. 순간, 정신이 번쩍 들어서 코앞에 선 학생의 다리를 잡고 앞으로 확 잡아당겼다. 그 바람에 녀석이 뒤로 벌러덩 나 자빠졌다. 까불고 있어!

그걸 보고 당황스러워하는 나머지 한 녀석에게 잽싸게 달려 들어 어깨를 부여잡고 두세 번 거칠게 흔들었다. 녀석은 화들짝 놀라서 눈만 껌벅였다. 숙직실로 가자고 잡아끌자 겁을 잔뜩 먹 고는 얌전하게 따라왔다. 그러는 사이에 날이 훤히 새 버렸다.

나는 녀석을 숙직실로 데려와서 심문을 하기 시작했다. 화장 을 하건 춤을 추건 돼지는 역시 돼지인 모양이었다. 오로지 모 른다는 뻔한 거짓말로 끝까지 버텼다.

어느새 학생들이 하나둘 숙직실 앞으로 모여들었다. 하나같 이 잠이 그득한 눈이었다. 한심한 놈들! 하루 저녁 못 잤다고 저런 꼴이라니! 도무지 남자답지가 않았다. 따지고 싶은 게 있으면 세수라도 하고 오라고 했지만 아무도 자리를 떠나지 않았다.

나는 오십 명가량의 학생들을 모아 놓고 한 시간 정도 대답을 하라고 다그쳤다. 그때 느닷없이 너구리가 나타났다. 나중에 안 사실인데, 사환이 기숙사에서 소동이 일어났다고 교장에게 연락을 했다고 한다. 이런 사소한 일로 교장을 불러내다니. 사람이 잘아도 너무 잘다. 그러니 중학교 사환이나 하고 있겠지.

교장은 나에게 전후 사정을 모두 전해 들었다. 학생들의 이야기도 묵묵히 경청했다. 그러고 나서 학생들에게 천천히 입을 떼었다.

"곧 처분을 내릴 테니 일단은 등교부터 하도록 해. 어서 가서 세수를 하고 아침을 먹어. 꾸물거리다간 수업 시간에 늦을 수도 있으니까. 빨리 서둘러!"

뭐가 이리 미지근해? 나라면 그 자리에서 학생들을 퇴학시켜 버릴 거다. 이렇게 미지근하게 구니까 학생들이 선생을 바보 취급하는 거잖아. 나는 속으로 불평을 해 댔다. 교장은 학생들을 풀어 주고 나서 나를 향해 말했다.

"선생도 고생이 많았소. 몹시 피곤할 테니 오늘은 수업을 쉬어도 좋아요."

나는 보란 듯이 이렇게 대답해 주었다.

"아닙니다. 조금도 고생하지 않았습니다. 매일 밤 이런 일을 당한다 해도 목숨이 붙어 있는 한 조금도 걱정할 것 없습니다. 수업은 그냥 하겠습니다. 하룻밤 자지 않았다고 해서 수업을 못 할 정도라면 월급을 받지 말아야지요."

교장은 내 얼굴을 빤히 들여다보더니, 얼굴이 많이 부은 것 같다며 건강을 걱정하는 척했다.

그러고 보니 몸이 좀 무거운 느낌이 드는 것 같기도 했다. 게다가 얼굴이 몹시 간지러웠다. 아무래도 모기한테 엄청 물어뜯긴 모양이었다. 나는 얼굴을 벅벅 긁어 대면서, 얼굴이 아무리 부었다고 해도 입은 튼튼하니까 수업하는 데는 지장이 없다고 대답했다.

교장은 허허 웃으면서 칭찬을 했다.

"정말 건강 체질이오."

아니, 사실은 칭찬이 아니라 비아냥이었는지도 모르겠다.

## 제 5 장
# 낚시하기 좋은 날

"혹시 낚시하러 안 가겠나?"

빨간 셔츠가 물었다. 빨간 셔츠는 음침한 기분이 들 정도로 상냥하게 말을 건넸다. 목소리만 듣고서는 남잔지 여잔지 도무지 구별하기 어려웠다. 사내라면 사내다운 목소리로 말해야지. 그것도 대학씩이나 나온 사람이…… . 고등학교 출신인 나도 이 정도로 듬직한 소리를 내는데, 대졸 문학 학사가 저 모양이라니 정말로 한심하기 짝이 없었다.

나는 "글쎄요." 하며 어정쩡한 태도를 보였다.

"낚시해 본 적 없어?"

빨간 셔츠가 사람을 아주 우습게 보는 투로 물었다. 사실 낚시를 해 보진 않았다.

"어릴 적에 고우메의 낚시터에서 붕어를 세 마리 낚아 보았어요. 또 가구라자카의 비샤몬 축제날에 한 뼘쯤 되는 잉어를 바늘에 걸었다가 그만 철버덕 떨어뜨리고 말았지요. 그건 지금 생각해도 아깝네요."

빨간 셔츠는 내 말을 듣고 턱을 앞으로 내밀며 오호호호, 하고 웃음을 터뜨렸다. 그깟 일로 그리 폼을 잡으며 웃을 것까지야…….

"그럼, 아직 낚시 맛을 모르겠군. 원한다면 내가 한 수 가르쳐 주지."

그러면서 어깨에 힘을 잔뜩 넣었다. 누가 배우겠다고 했나? 낚시니 사냥이니 그런 걸 즐기는 작자들은 도통 인정머리가 없다. 눈곱만치라도 인정이 있다면 어찌 살생을 하며 그토록 즐거워할 수 있을까. 물고기든 새든 죽는 거보다는 사는 게 더 좋을 거다. 낚시나 사냥을 하지 않고서는 먹고살기가 힘들다면 모를까, 아무 어려움 없이 살면서 순전히 취미로 산 것을 죽이지 않으면 잠이 안 온다는 건 참으로 몰상식한 일이 아닌가.

그렇지만 상대가 문학을 전공한 대졸 학사라 말솜씨로는 이길 재간이 없다는 생각이 들어서 지레 입을 다물었다. 그랬더니 나를 굴복시켰다는 착각에 빠졌는지 호기롭게도 이렇게 떠들어 대었다.

"내가 당장 가르쳐 주지. 오늘 어때? 요시가와 선생하고 둘이 서만 가면 심심하기도 하고."

요시가와는 미술 선생, 그러니까 알랑쇠를 두고 하는 말이었다. 무슨 영문인지는 모르겠지만 이 알랑쇠는 아침저녁으로 빨간 셔츠네 집을 들락거리며 어디든 따라다녔다. 마치 종이라도 되는 듯이 빨간 셔츠가 가는 곳마다 반드시 동행을 하고 있는 터라, 그 선생이 같이 간다는 건 새삼 놀랄 일도 아니었다.

어찌 됐든 둘이 가면 될 일을 왜 무뚝뚝하고 재미도 없는 나를 끌어들이려는 건지……. 아마도 오만한 낚시광답게 자신이 물고기를 낚아 올리는 모습을 나한테 자랑하고 싶은 게 분명했다. 하지만 그딴 일로 감탄할 내가 아니었다. 참치 두세 마리 낚는 다고 해서 내가 눈 하나 깜빡할 줄 알아?

나도 인간이다. 아무리 서툴다고 하지만 낚싯줄만 드리우면 뭐든 걸려들겠지. 만약 내가 계속 안 간다고 버티면, 싫어서가 아니라 못해서 그러는 거라 여기고선 내심 깔볼지도 모른다는 생각이 들었다. 그래서 대뜸 가겠다고 대답해 버렸다.

학교가 끝난 뒤 집으로 가서 이것저것 챙긴 다음, 정거장에서 빨간 셔츠와 알랑쇠를 만나 바닷가로 갔다. 사공이 노를 젓는 배는 길고 좁은 게 도쿄 언저리에서 보던 것과는 사뭇 달랐다. 아까부터 배 안을 살폈지만 낚싯대가 눈에 띄지 않았다. 나는 고개를 갸웃거리며 알랑쇠에게 물었다.

"낚싯대도 없이 어떻게 낚시를 해요?"

알랑쇠는 턱을 쓰다듬으며 전문가처럼 근엄하게 말했다.

"바다 한가운데로 나가서 하는 낚시는 원래 낚싯대 없이 줄로만 해요."

이렇게 거드름을 피울 줄 알았으면 묻지 말 걸 그랬다.

사공은 아주 천천히 노를 저었다. 하지만 숙련된 기술이란 정말이지 무서웠다. 뒤를 돌아보니, 어느새 포구가 아주 조그맣게 보였다. 고하쿠사의 오층탑이 숲속에서 바늘처럼 뾰족하게 솟구쳐 있었다.

건너편에는 아오시마 섬이 오롯이 떠 있었는데, 사람이 살지 않는 섬이라고 했다. 그래서 그런지 돌과 소나무뿐이었다. 하긴 돌과 소나무밖에 없으니 사람이 살 수 없을 터였다.

빨간 셔츠는 섬을 지그시 바라보며 진짜 멋진 경치라고 연방 감탄을 했다. 알랑쇠는 절경이라고 외쳐 댔다. 절경인지 뭔지는 모르겠지만, 바라보고 있노라니 기분이 좋긴 했다. 끝도 없이 넓은 바다에서 바람을 맞으니 몹시 상쾌했다. 괜히 배까지 고팠다.

"저 소나무 좀 봐. 둥치가 곧게 뻗은 데다 우듬지가 우산처럼 퍼진 게 마치 터너(1775~1851, 영국의 풍경화가. 자연광을 표현하여 새로운 분야를 개척했으며, 특히 바다를 표현한 작품이 뛰어나다.—옮긴이)의 그림을 보는 것 같지?"

빨간 셔츠가 알랑쇠에게 말했다.

"그러게요. 완전 터너네요. 저렇게 휘감아 도는 곡선 좀 보세요. 그냥 그대로 터너라고요."

알랑쇠가 맞장구를 쳤다. 그러면서 아주 흡족한 표정을 지었다. 터너가 뭔지는 모르겠지만, 모른다고 딱히 곤란한 일이 생기는 것도 아니라서 그냥 입을 다물고 있었다.

배는 섬을 오른쪽으로 바라보며 빙글 돌았다. 파도 하나 없이 잔잔했다. 이게 바다라니! 믿을 수 없을 만큼 매끈했다. 빨간 셔츠 덕분에 정말이지 기분이 좋았다. 문득 저 섬에 올라가 보고 싶은 충동이 일었다.

"저기 보이는 바위 쪽에 배를 댈 수 있어요?"

"못 댈 것도 없지만 낚시를 하려면 바위 가까이로 가지 않는 게 좋아."

내가 묻자 빨간 셔츠가 반대를 했다. 나는 입을 꾹 다물었다. 그때 알랑쇠가 끼어들었다.

"어때요? 이제부터 저기를 터너 섬이라 부르는 게……."

빨간 셔츠가 환하게 웃으며 맞장구를 쳤다.

"그것참, 좋은 생각이네. 앞으로 우리끼리는 그렇게 부르도록 하지."

그 '우리'라는 말에 내가 들어간다는 게 영 달갑지가 않았다. 나는 아오시마 섬으로도 충분했으니까.

"어때요? 저 바위 위에 라파엘로(1483~1520, 이탈리아 문예 부흥기의 화가. 미켈란젤로, 레오나르도 다빈치와 함께 르네상스 3대 화가라 불린다.—옮긴이)의 마돈나를 올려 두면? 꽤 좋은 그림이 되지 않을까요?"

알랑쇠가 또 어쭙잖은 말을 늘어놓았다.

"마돈나는 좀 그런 것 같은데?"

빨간 셔츠는 오호호호, 하고 징그러운 웃음소리를 냈다.

"아무도 없는데 그러면 좀 어때요?"

알랑쇠는 내 쪽을 힐끗 바라보았다가 일부러 고개를 돌리고는 히죽히죽 웃었다. 왠지 기분이 좋지 않았다. 마돈나건 소돈나건 나는 알 바가 아니니, 올려 두고 싶으면 멋대로 하라지. 그렇지만 다른 사람이 모르는 일을 자기들끼리 지껄이다가 알아듣지 못하니까 듣건 말건 상관없다는 태도라니. 그건 좀 천박한 태도가 아닌가. 그러면서도 도쿄 토박이라며 은근히 뽐낸다.

마돈나는 아무래도 빨간 셔츠가 잘 아는 게이샤(일본의 기녀. 연회에서 노래와 춤으로 흥을 돋운다.—옮긴이)의 예명이 분명한 듯했다. 마음에 드는 게이샤를 무인도 소나무 아래 세워 두고 바라보면 좋긴 하겠다. 그걸 알랑쇠가 유화로 그려 전시회에 내기라도 하면 더더욱 좋을 테고.

잠시 후 사공이 배를 세우고 닻을 내렸다. 빨간 셔츠는 물 깊이가 얼마나 되는지 물어보았다.

"십 미터 정도 될 겁니다요."

사공이 대답하자 빨간 셔츠가 낚싯줄을 드리우며 대꾸했다.

"그 정도 깊이라면 돔은 안 잡히겠군."

대어라도 낚을 듯이 아주 호방한 동작이었다. 알랑쇠는 교감의 솜씨라면 반드시 대어를 낚을 것이라고 아부를 늘어놓았다.

"게다가 물결이 이리도 잔잔하니까요."

그러고는 잽싸게 낚싯줄을 던졌다. 끝자락에 납추가 달려 있었다. 그런데 찌(물고기가 미끼를 물어 낚시에 걸리면 빨리 알 수 있도록 낚싯줄에 매어서 물 위에 뜨게 만든 물건.─옮긴이)가 없었다. 찌 없이 하는 낚시는 온도계 없이 열을 재는 거나 다름없었다. 왠지 불가능한 낚시를 하고 있는 것 같다는 생각이 들어서 그저 물끄러미 바라보는데, 빨간 셔츠가 대뜸 말을 걸었다.

"자네도 한번 해 보지? 낚싯줄이 없나?"

"줄이야 남아돌 만큼 많지요. 하지만 찌가 없지 않습니까?"

"찌가 없어서 낚시를 못 한다고 말하는 사람은 초짜뿐이라네. 이렇게 줄을 바닥까지 늘어뜨린 다음 손가락에 걸고서 신호가 오기를 기다리는 거지. 물고기가 물면 바로 손가락에 신호가 오거든. 이봐, 왔잖아!"

하고 서둘러 줄을 거두어들였다. 나는 뭐라도 걸렸는가 싶어서 고개를 디밀었다. 미끼만 없어졌다. 그것참 쌤통이다.

"교감 선생님, 정말 애석하네요. 방금 아주 큰 놈이 걸렸던 것 같은데…… 교감 선생님 솜씨로도 놓치는 걸 보면 오늘 운때가 안 맞는 건지도 몰라요. 그런데 놓치면 또 어때요? 찌만 노려보는 작자들보다는 백배 낫잖아요. 마치 브레이크가 없으면 자전거를 못 타는 거랑 똑같은 거니까요."

알랑쇠가 묘한 말을 한참 동안 늘어놓았다. 그냥 확 패 버리고 싶은 충동이 일었다.

'흥, 나도 인간이야. 교감 혼자서 세를 낸 바다가 아니잖아? 여긴 아주 넓어. 가다랑어 한 마리 정도는 예의상이라도 걸려들 거라고.'

나는 속으로 이렇게 중얼거렸다. 그러고는 낚싯줄을 바닷물에 풍덩 드리운 뒤 손끝에 적당히 걸고는 까딱까딱해 보았다.

잠시 후 '타라락 타라락' 하면서 줄에서 신호 같은 게 왔다. 물고기가 틀림없었다. 살아 있는 놈이 아니라면 절대로 이렇게 파닥거릴 리가 없었다. 됐다, 이제 낚았다! 나는 줄을 마구 걸어 올렸다.

"어라, 낚은 것 같네요. 초짜가 더 무서운 법이라니까."

알랑쇠가 놀리는 사이에 줄이 물 위로 거의 다 올라와 백오십 센티미터 정도만 잠겨 있었다. 물 아래를 슬그머니 내려다보니 금붕어처럼 줄무늬가 있는 물고기가 줄에 매달려 좌우로 요동을 쳤다. 하, 이거 재미있는걸. 낚싯줄을 물 위로 끌어올릴 때, 물고기가 거세게 파닥거리는 바람에 내 얼굴에 바닷물이 마구 튀었다.

겨우 손으로 잡고 바늘을 빼내려 하는데 뜻대로 잘 안 되었다. 물고기를 잡은 손이 미끌미끌했다. 기분이 별로였다. 짜증이 나서 줄을 휘둘러 바닥에 내동댕이쳤더니 곧바로 뻗어 버렸다.

빨간 셔츠와 알랑쇠가 놀란 눈으로 나를 바라보았다. 나는 바닷물에 손을 넣어 싹싹 씻고는 코끝에 대 보았다. 비린내가 채 가시지 않았다. 문득 넌더리가 났다. 낚싯줄로 낚은 놈을 손으로 잡고 싶지 않았다. 하긴 물고기도 내게 잡히고 싶지 않을 것이다. 그래서 곧장 줄을 말아 정리해 버렸다.

"멋지게 낚아 올린 첫 수가 고루키(놀래기 비슷한 물고기.—옮긴이)라니!"

알랑쇠가 아는 척을 했다.

"고루키라면 러시아 소설가(《어머니》를 쓴 막심 고리키를 일컫는 것.—옮긴이)와 같은 이름인걸."

빨간 셔츠가 말장난을 했다.

"정말 그렇네요. 러시아 소설가하고 발음이 아주 비슷하게 들리네요."

알랑쇠가 곧 맞장구를 쳤다. 고루키는 러시아 소설가이고, 마루키는 시바에서 최초로 사진관을 연 사진사이고, 고메노나루키(쌀이 열리는 나무.—옮긴이)는 우리의 목숨줄이고. 이 빨간 셔츠라는 사람, 아주 더러운 버릇을 가지고 있었다. 입만 열었다 하면 혀가 꼬부라지는 서양 사람 이름을 늘어놓았다.

사람에게는 제각기 전문이란 게 있는 법이다. 나 같은 수학 선생이 고루킨지 고로켄지를 어떻게 알아? 주변을 좀 살펴야 하잖아. 군이 지껄이려면 《프랭클린 자서전》(미국의 정치가 벤저민 프랭클린의 자서전을 일컫는 것으로, 메이지 시대(1867~1912) 일본 중학교의 영어 교과서에 일부가 수록되었다.―옮긴이)이라든지 《푸싱 투 더 프런트(Pushing to the Front)》(미국의 오리슨 스웨트 마든이 쓴 처세 관련 도서로, 메이지 시대 일본 중학교의 교과서에 일부가 실렸다.―옮긴이)라든지, 나도 알 만한 걸 대면 좀 좋아?

빨간 셔츠는 때때로 표지가 새빨간 《제국 문학》(도쿄제국대학 문과 대학에서 교수와 학생들이 펴낸 잡지.―옮긴이)이라는 잡지를 학교에 가져와 뿌듯한 눈길로 읽기도 했다. 돌풍에게 물어보니 빨간 셔츠가 주절대는 꼬부랑 이름은 다 그 잡지에 나오는 거라고 했다. 《제국 문학》도 참, 전생에 무슨 죄를 지었기에.

빨간 셔츠와 알랑쇠는 열심히 낚시질을 한 끝에 약 한 시간 만에 열대여섯 마리나 잡았다. 이상하게도 죄다 고루키였다. 개똥도 약에 쓰려면 없다더니, 돔 같은 건 그림자도 보이지 않았다. 빨간 셔츠가 알랑쇠에게 오늘은 러시아 문학 풍년이라며 히죽거렸다.

"교감 선생님 같은 솜씨에 고루키면 저도 당연히 고루키지요."

알랑쇠는 연방 맞장구를 쳤다. 사공에게 넌지시 물어보니, 이 물고기는 맛도 없는 주제에 뼈까지 많아서 도저히 먹을 수가 없다고 한다. 비료로 쓰면 딱 좋다나. 그러니까 빨간 셔츠와 알랑쇠는 지금 열심히 비료를 낚고 있는 셈이었다. 참 가련하다. 나는 한 마리 잡고는 넌더리가 나서 갑판에 드러누운 채 푸른 하늘을 올려다보았다. 낚시하는 것보다야 얼마나 우아한지…….

갑자기 두 사람이 뭐라고 속닥거리기 시작했다. 잘 안 들리기도 했지만, 듣고 싶지도 않았다. 나는 하늘을 올려다보며 키요를 떠올렸다. 돈만 좀 있다면 이렇듯 깨끗한 곳에 키요를 데려와 놀면 참 좋을 텐데. 아무리 경치가 빼어나다 한들 알랑쇠랑 같이 있고서는 도무지 맛이 나지 않았다. 키요는 주름이 가득한 할머니지만 어디를 같이 가든 절대로 창피하다는 생각이 안 들었다.

알랑쇠 같은 놈은 마차를 타든, 배를 타든, 아사쿠사 십이층(도쿄의 아사쿠사 공원에 있는 팔각형 탑. 높이가 오십이 미터로, 휴게실과 전망대를 갖추고 있었다.—옮긴이)에 오르든 도저히 가까이할 인간이 아니었다. 나하고 교감의 위치가 바뀐다면 어김없이 나를 향해 아부성 발언을 쏟아 내며 빨간 셔츠를 놀릴 놈이었다.

안 그래도 도쿄 출신은 경박하다고들 하는데……. 이런 놈이 시골을 돌아다니며 도쿄 출신이라고 떠들어 대니, 시골 사람들이 도쿄 사람을 우습게 여기는 게 당연한 듯싶기도 했다. 시골에서는 하는 짓이 경박하면 어김없이 도쿄 토박이라며 손가락질을 해 댔다.

그때 갑자기 둘이서 키득키득 웃으며 뭐라고 시부렁거렸다. 하지만 말이 툭툭 끊겨서 도무지 알아들을 수가 없었다.

"엉? 글쎄……"

"……그럼요, ……모르니까요. ……웃기는 일이에요."

"설마……"

"메뚜기를…… 정말이라니까요."

나는 딱히 신경을 쓰지 않고 있었다. 그러다 알랑쇠의 입에서 메뚜기라는 말이 나오는 순간, 나도 모르게 가슴이 철렁 내려앉았다. 알랑쇠는 무슨 영문인지 메뚜기라는 말에 특히 힘을 주어 내 귀에 또렷이 닿게 했다. 그러고는 일부러 그다음 말을 흐렸다. 나는 짐짓 모른 척하면서도 귀를 바싹 기울였다.

"또 그 홋다가……"

"그럴지도 몰라……"

"튀김……. 하하하하."

"……부추겨서……"

"경단도?"

이렇게 말이 중간중간 끊어지긴 했지만, 메뚜기니 튀김이니 경단이니 하는 말로 추측건대 내 이야기를 하는 게 분명했다. 떳떳하다면 큰 소리로 당당하게 말하면 되잖아. 그렇게 수군댈 거라면 대체 나를 왜 이런 데로 불러낸 거야? 정말로 어처구니가 없었다.

메뚜기건 잠자리건 내가 잘못한 건 조금도 없었다. 교장이 일단 자기한테 맡기라고 하니까, 너구리 체면을 봐서 참고 있는 것뿐이었다. 그런데 알랑쇠 자식이 쓸데없이 참견을 하고 있는 셈이었다. 손가락이나 빨며 가만히 지켜보면 될 것을……

빠르건 늦건 내 일은 어차피 나 스스로 해결하면 그만이지만, '홋다'와 '부추긴다'는 말이 은근히 귀에 거슬렸다. 홋다, 그러니까 돌풍이 나를 부추겨서 소동을 크게 만들었다는 건지, 아니면 돌풍이 학생을 부추겨서 나를 골탕 먹였다는 건지 영 갈피를 잡을 수가 없었다.

푸른 하늘을 바라보고 있노라니, 햇살이 점점 약해지면서 차가운 바람이 불어오기 시작했다. 연기처럼 피어나는 구름이 바닥 없이 맑기만 한 하늘을 가로지르는가 싶더니, 어느새 그 속으로 파고들어 뿌연 안개 같은 그림을 그려 놓았다.

"이제 슬슬 가 볼까?"

빨간 셔츠가 문득 생각난 듯 불쑥 말을 던졌다.

"아, 적당한 시간이네요. 오늘 밤은 마돈나 님을 만나러 가시나요?"

알랑쇠가 말을 받았다. 빨간 셔츠는 금세 손을 내저었다.

"말도 안 되는 소리! 자칫 오해라도 하면 어쩌려고……"

그러고는 뱃전에 기댄 몸을 살짝 일으켰다.

"에헤헤헤, 괜찮습니다. 들은들……"

알랑쇠는 뒤를 슬쩍 돌아보았다. 나는 눈을 쟁반같이 크게 뜨고서 똑바로 바라보았다. 알랑쇠는 눈이라도 부신 듯 고개를 획 돌렸다.

"아, 이거 정말 민망하네."

나는 괜스레 목을 움츠리며 뒤통수를 긁적거렸다. 참으로 얍삽한 놈이었다. 배는 물결이 잔잔한 언덕 아래로 나아갔다.

"자네는 낚시를 별로 좋아하지 않는 것 같구면."

빨간 셔츠가 말했다.

"예, 드러누워서 하늘을 올려다보는 게 더 좋습니다."

나는 이렇게 대답하며 방금 피워 문 담배를 바다로 획 던져 버렸다. 담배가 슛, 하는 소리와 함께 물결 위에서 흔들리다가 서서히 멀어져 갔다.

"학생들이 자네를 퍽 좋아하는 모양이던데."

이번에는 낚시하고는 아무 상관도 없는 말을 불쑥 꺼냈다.

"뭐, 별로 좋아하는 것 같지 않던데요."

"아니야, 이건 결코 예의로 하는 말이 아니라니까. 얼마나 좋아하는지 몰라. 그렇잖은가, 요시가와 선생."

"좋아하는 정도가 아니죠. 아주 시끌벅적합니다."

알랑쇠가 빙긋 웃으며 말했다. 이놈은 입만 열었다 하면 신경에 거슬렸다.

"그렇다고 방심했다간 한순간에 학생들한테 잡아먹히는 수가 있어. 매사에 조심하는 게 좋을걸."

빨간 셔츠가 덧붙였다.

"어차피 잡아먹힌걸요. 이렇게 된 이상 각오하고 있습니다."

나는 일부러 덤덤하게 말했다. 어차피 내가 학교를 그만두든지, 기숙사 학생들이 사과를 하게 만들든지 둘 중 하나였다.

"그렇게 생각하고 있다면 더는 할 말이 없지만 교감으로서 선생을 위해 하는 말이니 기분 나쁘게 받아들이지 말게."

"교감 선생님은 선생님한테 상당히 호감을 가지고 계세요. 나도 힘은 없지만 같은 도쿄 출신이니까 가능한 한 오래 근무해 주기를 바라는 마음이고요. 그래서 조금이나마 도움이 되고자 보이지 않는 곳에서 온 힘을 다하고 있지요."

알랑쇠가 상투적인 말을 늘어놓았다. 알랑쇠 도움을 받을 바에는 차라리 목을 매 죽는 편이 낫겠다.

"그래서 말인데, 학생들은 선생을 진심으로 환영하지만, 몇 가지 복잡한 사정이 있어서……. 더러 화가 나는 일도 있겠지만, 어떻게든 참고 기다려 주기를 바라네. 절대로 선생한테 나쁘게 하지는 않을 테니까."

"몇 가지 복잡한 사정이란 게 무엇입니까?"

"말 그대로 그게 좀 복잡해서……. 천천히 알게 될 테지. 내가 말하지 않아도 저절로 알게 된다는 뜻이네. 그렇잖은가, 요시가와 선생."

"그럼요, 그게 좀 복잡하거든요. 하루아침에 알 수야 없지요. 그렇지만 차차 알게 될 거예요. 자연스럽게 알게 될 겁니다."

알랑쇠도 빨간 셔츠와 똑같은 말을 되풀이했다.

"복잡한 사정을 군이 듣고 싶다는 건 아니지만, 두 분이 먼저 말을 꺼냈으니까 물어본 것뿐입니다."

"당연한 일이지. 먼저 말을 꺼내 놓고 정리를 해 주지 않는 건 무책임한 행동이고말고. 그럼 이것 하나만 말해 두지. 선생은 고 등학교를 졸업하고 처음 학생을 가르쳐 보는 거잖아? 그런데 학 교라는 곳은 아주 복잡하고 미묘한 인간관계가 얽히고설켜 있 어서 학문의 세계처럼 담백하게 흘러가지가 않아."

"그럼 어떻게 흘러가는데요?"

"바로 그거! 자네는 이렇게 대놓고 솔직한 게 문제라고. 결국 경험이 부족하다는 말을 듣게 되는데……."

"어차피 경험은 없습니다. 이력서에 적은 대로 겨우 이십삼 년 하고 사 개월밖에 살지 않았으니까요."

"그래서 생각지도 않은 곳에서 불쑥불쑥 문제가 생기기도 하 는 거지."

"정직한 걸 두고 누가 뭐라고 한들 조금도 두렵지 않습니다."

"물론 자네는 두렵지 않을 테지. 하지만 뜻하지 않게 어떤 일 에 휘말려들 수도 있어. 실제로 자네 전임자가 당했으니까. 그래 서 조심해야 된다는 거지."

문득 알랑쇠가 너무 얌전해진 것 같아서 뒤를 돌아보았다. 어느새 고물(배의 뒷부분.—옮긴이) 쪽으로 가서 사공하고 낚시 이야기를 나누고 있었다. 알랑쇠가 없어져서 그런지 이야기가 훨씬 더 매끄럽게 흘러갔다.

"전임자가 누구한테 당했다는 겁니까?"

"누구라고 지목하면 그 사람의 명예가 손상될 수도 있으니까 굳이 말하지는 않겠네. 게다가 뚜렷한 증거도 없어서 딱 꼬집어 말하기는 어려워. 어쨌거나 먼 곳까지 와서 고생하고 있는데, 여기서 실패를 하면 서로 보람이 없지 않겠나? 그러니 조심하는 게 좋겠다는 거지."

"조심하다니요? 지금보다 뭘 더 조심하라는 겁니까? 나쁜 짓만 하지 않으면 그만이지 않습니까?"

빨간 셔츠는 오호호호, 하고 웃음을 터뜨렸다. 딱히 웃기는 말을 하지도 않았는데. 나는 이대로만 살아가면 된다고 굳게 믿고 있었다. 그런데 세상 사람들이 왠지 나쁜 짓을 권장하는 것같이 느껴졌다. 마치 나쁜 짓을 하지 않으면 사회에서 성공하지 못하는 것처럼……

어쩌다 정직하고 순수한 사람을 보면, 샌님이니 풋내기니 하면서 경멸하곤 했다. 그럴 바에는 초등학교나 중학교의 도덕 시간에 거짓말을 하지 말라는 둥, 정직하게 살아가야 한다는 둥 하지 말아야 한다. 차라리 학교에서 과감하게 거짓말하는 법이나 사람을 믿지 않는 기술, 사람을 속이는 방법을 가르치는 쪽이 세상을 위해서나 본인을 위해서나 훨씬 더 좋은 일이 아닐까.

빨간 셔츠가 오호호호, 하고 웃은 것은 나의 단순한 사고방식을 조소하는 것이나 다름없었다. 단순하고 진솔한 것이 웃음거리가 되는 세상이니 어쩔 수 없는 노릇이었다. 키요는 이럴 때 결코 웃는 법이 없었다. 되레 크게 감탄하며 내 말에 귀를 기울였다. 키요가 빨간 셔츠보다 훨씬 더 훌륭하다.

"물론 나쁜 짓을 하지 않는 게 좋지만, 스스로 나쁜 짓을 하지 않는다 하더라도 다른 사람의 마음속에 숨어 있는 악을 모르면 아주 험한 꼴을 당할 수도 있는 법이지. 세상에는 아주 친절하게 나서서 하숙집을 구해 주는 사람도 있잖은가. 그렇다고 해서 절대로 마음을 놓아서는 안 되는 인간도 있는 법이라……. 날씨가 많이 추워졌네. 벌써 가을이 왔나? 바닷가 쪽은 안개가 끼어 아예 희뿌옇구먼. 경치가 아주 좋아. 어이, 요시가와 선생! 어때, 저 바닷가 경치……."

빨간 셔츠가 큰 소리로 알랑쇠를 불렀다.

"와아, 이거 정말 기절할 만큼 끝내주는 경치가 아닙니까? 시간만 있다면 사생이라도 할 텐데……. 무지 안타깝네요. 그냥 보고 넘어가기에는 너무……."

알랑쇠는 감탄을 연발했다.

그때 항구에 있는 여관 이층에 등불 하나가 밝혀졌다. 기차의

기적 소리가 빠앙 울릴 때, 내가 탄 배는 해변 백사장에 뱃머리를 박아 넣었다.

"빨리 오셨네요."

여주인이 백사장에 서 있는 빨간 셔츠에게 반갑게 인사를 건넸다. 나는 뱃머리에서 얏, 하고 기합을 넣으며 백사장으로 풀쩍 뛰어내렸다.

# 제 6 장

# 신참 교사 길들이기

알랑쇠, 정말 꼴 보기 싫은 놈이다. 이런 놈은 배추절임 누름 돌에 묶어 바다에 빠뜨리는 게 일본을 위해서도 좋을 성싶었다. 빨간 셔츠, 이 인간은 무엇보다 목소리가 마음에 안 들었다. 상냥하게 보이려고 목소리를 일부러 교묘하게 꾸며 내는 것이리라. 아무리 꾸민들 낯짝이 그 모양이니 아무 소용이 없었다. 마돈나 정도나 좋다고 매달리겠지. 그러나 명색이 교감이라 그런지 알랑쇠보다는 어려운 말을 꽤 잘했다.

집에 돌아와 놈이 한 말을 곰곰 생각해 보았다. 꽤 그럴듯하긴 했다. 명확하게 말하지 않아서 짐작하기가 쉽지는 않지만, 어쨌든 돌풍이 나쁜 놈이니까 조심하라는 뜻인 듯했다. 차라리 확

실하게 말해 주면 좋을 텐데, 도무지 사내답지가 못한 태도였다. 게다가 그렇게 나쁜 인간이라면 목을 댕강 잘라 버리면 되는 것 아닌가.

대학에서 문학을 공부한 사람답지 못하게 구린 구석이 있었다. 뒷담화를 하면서도 대놓고 이름을 대지 못하는 걸로 봐서 간담이 콩알만 한 인간이 분명했다. 게다가 나약한 놈들은 대체로 친절하지 않던가. 그래서 빨간 셔츠도 여자처럼 친절한 시늉을 하는 걸까? 친절은 친절, 목소리는 목소리! 목소리가 마음에 안 든다고 해서 친절까지 무시할 수는 없는 노릇이었다.

그렇기는 하지만 세상은 참 묘하다. 마음에 안 드는 놈이 친절한 사람이고, 기껏 마음이 맞는 친구를 만났다 싶으니 악당이라니! 사람을 놀려도 정도가 있지. 워낙 조그만 시골 동네다 보니, 뭐든 도쿄하고는 거꾸로 돌아가는 것 같았다. 정말이지 골 때리는 동네다. 이러다 불이 얼음이 되고, 돌이 두부로 변해 버릴지도 모르겠다.

그나저나 돌풍이 학생들을 선동했다니! 그런 장난을 칠 사람으로는 안 보였는데…… 학생들에게 가장 인기 있는 선생이라고 하니까 작정하면 못할 것도 없겠지만, 그렇게 빙빙 돌려 일을 꾸미지 말고 차라리 대놓고 내 멱살을 잡은 채 싸움을 걸면 얼마나 간단하게 끝날 일인가. 혹시라도 내가 방해가 된다면, 이러저러해서 걸림돌이 되니까 차라리 사직해 주기를 바란다고 까놓고 말하면 얼마나 좋아? 솔직하게 대화하면 뭐든 잘 해결할 수 있건만.

그 말이 타당하다면 내일이라도 당장 사직서를 낼 의향이 있다. 까짓거, 여기 아니면 먹고살 곳이 없는 것도 아니지 않은가. 어느 세상을 떠돌아도 굶어 죽지 않을 자신이 있다. 그러고 보면 돌풍도 참 어처구니없는 놈이다.

여기 와서 처음으로 빙수를 얻어먹었다, 돌풍한테. 그런 이율배반적인 인간한테 빙수를 얻어먹다니! 내 체면이 말이 아니다. 한 그릇에 고작 1전 5리지만. 1전이건 5리건 사기꾼한테 얻어먹었으니 죽을 때까지 마음이 편치 않을 것이다. 내일 학교에 가면 당장 1전 5리부터 줘 버리자.

나는 키요에게 3엔을 빌렸다. 오 년이 지난 오늘까지 그 돈을 갚지 않았다. 갚을 수 없어서가 아니라 일부러 남겨 두었다. 키요는 허투루라도 내가 그 돈을 갚기를 바라지 않는다. 나도 생판 모르는 남에게 하듯 당장 갚을 생각이 없다. 내가 그런 걱정을 하는 것 자체가 키요의 마음을 의심하는 셈이니까. 그것은 키요의 아름다운 마음을 무시하는 것이나 다름없다. 그 돈을 갚지 않는 것은 키요를 내 몸처럼 아끼기 때문이다.

키요와 돌풍은 아예 비교가 안 되지만, 빙수건 차 한 잔이건 남에게 은혜를 입고 가만히 있는 것은 그 상대를 특별한 사람으로 인정하고 뜨거운 마음을 품었다는 뜻이다. 제 입으로 먹은 걸 돈으로 해결하면 간단하다. 하지만 진심으로 고마워한다면 돈으로 보답하지는 않는다. 난 명예도 돈도 없으나, 하나의 독립된 인간이다. 독립된 인간이 머리를 조아리면 그것이 백만금보다 귀한 인사라고 생각해야 한다.

이래 봬도 나는 돌풍에게 1전 5리를 낼 소중한 기회를 주어 백만금보다 더 가치 있는 인사를 했다고 생각한다. 돌풍은 마땅히 그것을 고마워해야 한다. 그런데도 뒤에서 비열한 짓거리를 하다니! 아주 저질이다. 내일 학교에서 1전 5리를 갚아 버리면 우리 사이에 더는 오갈 것이 없다. 그런 다음에 한판 붙지, 뭐.

여기까지 생각하다가 졸음이 와서 그냥 자 버렸다. 다음 날, 해결할 일도 있고 해서 평소보다 일찍 학교에 가서 돌풍을 기다렸다. 그런데 웬일인지 돌풍이 좀처럼 나타나지 않았다. 끝물이 먼저 왔다. 그다음에는 한문 선생이 왔다. 알랑쇠도 곧 등장했다. 그러다 빨간 셔츠까지 나왔는데, 돌풍의 책상 위에는 분필 하나만 덩그러니 놓여 있을 뿐 그림자도 어른거리지 않았다.

나는 교무실에 들어서자마자 돌풍에게 주려고 집을 나설 때부터 목욕탕에 가는 사람처럼 1전 5리를 손에 꼭 쥐고 있었다. 땀이 많은 체질이라 손바닥을 펴 보니 동전이 땀에 흠뻑 젖어 번들거렸다. 땀에 젖은 놈을 주면 돌풍이 뭐라고 지껄일지 모른다는 생각이 들어서 책상 위에 올려놓고 입으로 후후 분 다음 다시 움켜쥐었다.

그때 빨간 셔츠가 내게 다가왔다.

"어제는 괜히 따라가서 고생이 많았네."

"고생은요. 덕분에 배는 고팠지만요."

그러자 빨간 셔츠는 돌풍의 책상 위에 팔꿈치를 짚고 판때기 같이 넓적한 얼굴을 내 코 앞으로 바싹 들이댔다.

"어제 돌아올 즈음에 배 안에서 했던 말은 비밀로 해 주게. 누구한테도 말하면 안 돼."

빨간 셔츠는 계집애 같은 목소리로 나지막이 종알거렸다. 참으로 쓸데없는 걱정이 많은 사내다. 물론 아무한테도 말하지 않을 작정이다. 그러나 돌풍과 한판 붙을 셈으로 1전 5리를 준비해 온 마당이라, 빨간 셔츠 때문에 입을 다물어 버린다면 체면이 안 설 듯했다.

빨간 셔츠도 좀 그렇다. 비록 돌풍의 이름을 대지는 않았지만 그 정도로 힌트를 듬뿍 담은 수수께끼 아닌 수수께끼를 던져 놓고선 이제 와서 그걸 풀어서는 안 된다니! 이건 교감답지 않게 무책임한 행동이 아닌가. 내가 돌풍과 한바탕 전쟁을 벌일 때, 한가운데로 파고들어 당당하게 내 편을 들어주어야 마땅한 노릇이거늘……. 그거야말로 한 학교의 교감으로서 빨간 셔츠를 입은 체면을 세우는 일이 아닌가.

"아직 아무한테도 말하지 않았어요. 하지만 곧 담판을 지을 생각입니다."

빨간 셔츠는 내 말을 듣고선 아주 낭패스런 기색을 띠었다.

"그런 무지막지한 짓을 하면 안 되지. 나는 홋다 선생에 대해 딱히 무슨 말을 한 적이 없으니까. 그렇다 해도 자네가 그런 난폭한 행동을 하게 되면 내가 아주 곤란해진다고. 우리 학교에 혼란을 일으키려고 온 건 아니잖나?"

빨간 셔츠는 말도 안 되는 소리를 늘어놓았다.

"당연하지요. 누군들 멀쩡히 월급 받고 소동이나 일으키고 싶겠어요? 학교 쪽도 곤란해질 테고요."

"그럼 어제 일은 그저 약간의 참고 사항으로 알고 있도록 하게. 절대로 입 밖에 내지는 말고."

빨간 셔츠는 땀을 비적비적 흘리며 다시금 주의를 주었다.

"좋아요. 좀 찜찜하긴 하지만 교감 선생님이 그리 곤란하다고 하시니 이쯤에서 그만두지요."

나는 순순히 받아들였다.

"정말로 그 말대로 할 거지?"

빨간 셔츠는 또다시 확인을 했다. 어디까지 계집처럼 굴 건지 정말 가늠이 안 되었다. 문학 선생이 다들 저 모양이라면 너무너무 실망스럽다. 앞뒤도 안 맞고 논리도 없는 말을 하고서도 아무렇지도 않아 하다니. 게다가 나를 의구심 섞인 눈으로 계속 바라보는 게 아닌가. 이래 봬도 일단 받아들인 일을 뒤집어서 치사하게 배신하는 짓은 절대로 안 한다.

내 옆자리 책상 주인들이 차례로 출근해 자리에 앉자, 빨간 셔츠는 재빨리 자기 자리로 돌아갔다. 빨간 셔츠는 걸을 때도 과장되게 폼을 잡았다. 실내를 오갈 때 소리가 나지 않게 발바닥을 바닥에 착 붙였다. 소리 나지 않게 걷는 것을 저렇듯 자랑거리로 삼는 사람은 머리털 나고 처음 보았다. 도둑놈 훈련을 하는 것도 아니고 그냥 자연스럽게 걸으면 될 것을.

이윽고 수업 시작 나팔이 울렸다. 돌풍은 결국 나타나지 않았다. 어쩔 수 없이 1전 5리를 책상 위에 올려놓고 교실로 갔다.

첫 시간을 조금 늦게 끝내고 교무실로 돌아왔더니, 선생들이 모여서 이야기를 나누고 있었다. 돌풍의 모습도 보였다. 결근인 줄 알았더니 지각인 모양이었다. 돌풍은 내 얼굴을 보자마자 대뜸 이렇게 말했다.

"오늘은 자네 때문에 지각을 했으니 벌금을 대신 내게."

나는 책상 위의 1전 5리를 집어서 앞으로 내밀었다.

"이거 받아요. 며칠 전에 도오리 초에서 먹은 빙수값이에요."

"그게 무슨 말인가?"

돌풍은 빙그레 웃다가, 내 표정이 사뭇 진지하다는 것을 알아차리고는 동전을 내 책상 위에 되얹어 놓았다.

"이게 무슨 말도 안 되는 농담이야?"

어라, 끝까지 제가 산 걸로 하겠다는 거야?

"농담 아니라니까요. 난 선생님한테 빙수를 얻어먹을 이유가 없어요. 그러니 어서 받아요."

"1전 5리가 그렇게나 마음에 걸린다면 받아야 하겠지만, 한참 지난 일을 왜 이제 와서 새삼스럽게 따지는 거지?"

"얼마가 지났든 갚을 건 갚아야지요. 얻어먹는 게 싫으니까 갚는 거예요."

돌풍은 서늘한 눈길로 내 얼굴을 바라보더니, '흠!' 하고 숨을 깊게 들이마셨다. 빨간 셔츠의 부탁만 없었더라면, 바로 이 자리에서 돌풍의 비열함을 폭로하고서 한판 붙고 싶었다. 하지만 말을 하지 않겠노라고 약속을 했으니 어찌할 도리가 없었다. 사람이 이토록 열을 받았는데, 고작 '흠'이라니!

"정 그렇다면 빙수값은 받도록 하지. 그 대신 하숙집에서 당장 나가도록 해."

"1전 5리를 받았으면 그걸로 됐잖아요. 하숙집에서 나가건 말건 그건 내 마음이죠."

"자네 마음대로 되는 게 아닐걸. 어제 하숙집 주인이 찾아와서 내보내야겠다고 얘기하던데. 그 이유를 들어 보니, 주인 말이 납득이 가더라고. 아까 다시 한 번 확인하려고 자네 하숙집에 들렀다 왔지."

나는 돌풍이 하는 말을 도무지 알아들을 수가 없었다.

"주인이 무슨 말을 했는지 모르겠지만, 내가 알 바는 아닌 듯한데요. 자기 멋대로 생각하고 정한 일인데, 나랑 무슨 상관이 있다는 거예요? 할 말 있으면 나한테 하는 게 마땅하지. 나한테 확인해 보지도 않고 무작정 주인 말대로 하라니요? 이런 거 실례 아닌가요?"

"좋아, 그렇다면 말해 주지. 자네가 하도 난폭하게 굴어서 하숙집에서 어쩔 줄을 모르겠다네. 하숙집 안주인이 하녀는 아니잖나? 발을 닦아 달라고 하다니, 너무 심한 거 아닌가?"

"대체 내가 언제 하숙집 안주인한테 발을 닦아 달라 했다는 거예요?"

"발을 닦게 했는지 안 했는지는 모르겠지만, 아무튼 그쪽에서는 자네가 싫다고 하네. 그깟 하숙비 정도는 벽걸이 하나 팔면 쉽게 벌 수 있는 돈이라더군."

"시건방진 자식, 뚫린 입이라고 잘도 지껄이네. 그럼 애초에 하숙을 왜 시작했대요?"

"돈이 필요해서 받긴 했지만, 이제 싫어졌으니까 나가라는 거겠지. 곧 짐을 정리하도록 하게."

"흥, 머물러 달라고 싹싹 빌어도 안 있을 거예요. 도대체 그런 얼토당토않은 집을 소개한 의도가 뭐예요? 정말로 괘씸하네."

"내가 도리에 어긋난 짓을 했든지, 아니면 자네가 난폭한 짓을 했든지 둘 중 하나겠지."

나 못지않게 한성질 하는 돌풍은 질세라 크게 고함을 질러 댔다. 선생들은 무슨 일인가 싶어서 턱을 쭉 내밀고 돌풍과 나를 멍하니 바라보았다. 나는 딱히 부끄러운 행동을 하지 않았기에 당당하게 일어서서 선생들을 휘둘러 보았다.

다들 놀란 표정을 짓고 있었는데, 알랑쇠만 재미있다는 듯이 비죽비죽 웃고 있었다. 나는 네놈도 한판 붙어 볼 생각이냐는 듯이 눈을 부릅뜨고 광선을 쏘아 댔다. 알랑쇠의 표주박 같은 얼굴이 갑자기 확 쪼그라들었다. 조금 겁을 먹은 것 같았다. 그러는 사이에 나팔 소리가 들려왔다. 알랑쇠는 얼른 교무실을 나갔다.

오후에는 며칠 전에 나에게 무례하게 굴었던 기숙사 학생들의 처분에 대한 회의가 열린다고 한다. 나로서는 태어나서 처음 해 보는 회의다. 뭐가 어떻게 돌아가는지는 모르겠지만, 선생들이 자신의 생각을 말하면 교장이 그것들을 적당히 정리하여 마무리하는 형식이 아닐까 싶다.

마무리를 한다는 건 옳고 그름을 명확히 정한다는 뜻이다. 이번 경우처럼 누가 봐도 옳지 못한 것이 분명한 사건을 회의에 붙인다는 것은 명분 쌓기에 지나지 않는다. 누가 뭐라고 해석한들 다른 의견이 나올 리 없으니까.

이렇게 명백한 일은 교장이 그 자리에서 마땅한 처분을 내리면 그만이 아닌가. 교장이란 존재가 이 정도로 결단력이 부족하다면 희망이 없다고 해도 과언이 아니다. 물에 물 탄 듯 술에 술 탄 듯, 참으로 한심하다.

평소에는 식당으로 쓰는 교장실 옆의 좁고 긴 방이 회의실이었다. 검은 가죽을 씌운 의자 스무 개가량이 긴 탁자를 둘러싸고 있는 꼴이 꼭 간다에 있는 식당과 비슷했다. 그 탁자 끝에 교장이 앉고 그 옆에 빨간 셔츠가 앉았다. 나머지는 제멋대로 자리를 잡으면 되는 모양인데, 체육 선생만 늘 그렇듯 말석에 조용히 자리를 잡았다. 나는 생물 선생과 한문 선생 사이에 껴 앉았고, 건너편에는 돌풍과 알랑쇠가 나란히 앉았다.

알랑쇠는 아무리 봐도 못생겼다. 비록 싸운 사이이긴 하지만 돌풍이 훨씬 더 미끈해 보였다. 아버지 장례식 때 보았던 고비나타의 요겐지 법당에 걸려 있던 그림 속 얼굴과 많이 닮았다. 스님한테 물어보았더니 위타천(힌두교의 신이자 불법을 수호하는 신 가운데 하나.―옮긴이)이라는 괴물이라고 했다.

오늘은 화가 나서인지 눈을 뒤굴뒤굴 굴리며 내 쪽을 슬쩍슬쩍 바라보았다. 그 정도로 겁을 먹어서야 어디 사내라 할 수 있을까. 나도 질세라 두 눈을 부라리며 돌풍을 노려보았다. 내 눈은 생긴 꼴이야 별로지만 크기 하나만큼은 누구에게도 뒤지지 않았다.

"도련님은 눈이 크니까 배우가 되면 성공할지도 몰라요."

키요는 자주 그런 말을 했다.

"다들 모이셨는가요?"

교장이 말하자 서기 가와무라라는 작자가 하나둘 머리 수를 세었다. 한 사람이 없었다. 끝물이 안 보였다. 나는 끝물과 전생에 무슨 인연이 있었는지 모르겠지만, 그 사람 얼굴을 본 뒤로 한 번도 잊은 적이 없었다.

교무실에 들어서면 맨 먼저 눈에 들어오는 사람이 끝물이었다. 길을 걸어가다가도 문득문득 끝물의 얼굴이 떠올랐다. 온천에 가면 때로 얼굴이 새파랗게 질린 채 퉁퉁 불은 끝물을 만나곤 했다. 인사를 건네면, '아!' 하고 정중하게 고개를 숙였다.

왠지 그것도 참 안돼 보였다. 학교에서 끝물만큼 점잖은 사람은 보지 못했다. 웃는 법이 거의 없는 데다, 쓸데없는 말이라고는 한마디도 하지 않았다. 나는 군자라는 말을 책에서 본 적이 있지만, 그런 건 사전에나 있을 뿐 산 사람을 두고서 하는 말은 아니라고 생각했다. 그런데 끝물을 만나고 난 뒤, 그 말이 실제로 의미를 가진 단어라는 사실을 깨닫고 새삼 감탄을 했다.

이렇게나 마음에 깊이 새겨진 사람인지라, 회의실에 들어서자마자 끝물의 부재를 곧바로 알아차렸다. 사실은 그 사람 곁에 앉으려고 남몰래 목표를 정하고 온 참이었다.

"곧 오겠지요."

교장은 이렇게 말하며 자기 앞에 놓인 보라색 보자기를 풀어서 등사된 종이를 읽었다. 빨간 셔츠는 호박 파이프를 실크 손수건으로 닦기 시작했다. 이 남자는 이게 취미였다. 빨간 셔츠에게 참 잘 어울리는 취향인 것 같았다.

다른 선생들은 동료들과 잡담을 나누었다. 이도 저도 아닌 작자들은 연필 꽁무니에 달린 지우개로 탁자 위에 하릴없이 낙서를 해 댔다. 알랑쇠는 때때로 돌풍에게 말을 걸었지만, 정작 돌풍은 듣는 둥 마는 둥 했다. 건성으로 대답하고선 틈틈이 내 쪽을 쏘아보았다. 나도 질세라 매섭게 노려보았다.

그때 기다리고 기다리던 끝물이 몹시 황공한 몸짓으로 들어왔다. 사정이 있어서 좀 늦었다며 너구리에게 공손하게 고개를 숙였다.

"그럼 회의를 시작하겠습니다."

너구리는 서기 가와무라에게 등사물을 나눠 주게 했다. 회의 자료를 들여다보니 처음 안건이 처분 건, 다음이 학생 지도 건, 그 외에 두세 가지가 더 있었다. 너구리는 늘 하던 대로 자신이 교육에 목숨을 바친 귀신이라도 되는 양 잔뜩 허세를 부리며 말했다.

"교직원이나 학생들이 일으킨 과실은 모두 본인이 부덕한 소치입니다. 따라서 이런 일이 생길 때마다 과연 내게 교장의 자격이 있는지 의심스런 마음이 들면서 참담해지곤 합니다. 불행히도 또 이런 소동이 벌어지는 바람에 여러분께 깊이 사죄드리지 않을 수 없습니다. 의도가 어떻든 소동이 일어난 이상 처분을 내리지 않을 수가 없어요. 그러니 선생님들 모두 기탄 없이 의견을 말씀해 주시기 바랍니다."

나는 교장의 말을 듣고 과연 너구리답다는 생각을 했다. 한편으로는 말을 참 멋지게 한다는 생각이 들기도 해서 감탄이 비어져 나왔다. 교장이 스스로 부덕의 소치라 여기며 진심으로 자책을 한다면, 학생들에게 굳이 벌 같은 거 주지 말고 본인이 옷을 벗으면 되는 일 아닌가? 그러면 이렇게 귀찮은 회의 같은 것도 안 해도 될 텐데.

상식적으로 봐도 간단히 알 수 있지 않은가. 내가 얌전하게 숙직을 섰다. 학생들이 말썽을 부렸다. 교장이 나쁜 것도 아니고 내가 나쁜 것도 아니다. 그냥 학생들이 다 잘못한 거다. 만일 돌풍이 학생들을 선동했다면 둘 다 한꺼번에 물리치면 그만이다. 냄새나는 남의 엉덩이를 제 등에 짊어지고, 내 엉덩이니 네 엉덩이니 하면서 떠들어 대는 놈이 세상에 어디 있단 말인가. 너구리가 아니고서는 도저히 불가능한 일이다.

너구리는 이렇게 말도 안 되는 논리를 토해 놓고는 아주 의기양양하게 우리를 둘러보았다. 그런데 한참이 지나도록 아무도 입을 열지 않았다. 생물 선생은 건너편 건물의 지붕에 앉아 있는 까마귀를 멀거니 바라보았다. 한문 선생은 등사물을 접었다 펼쳤다 했다. 돌풍은 내 얼굴을 노려보았다. 회의라는 것이 이렇게 우스운 거라면 다음부터는 나오지 말고 낮잠이나 자는 편이 훨씬 더 낫겠다.

나는 하도 지겨워서 연설이라도 한마디 해 볼까, 하고 엉덩이를 반쯤 들어 올렸다. 그런데 마침 빨간 셔츠가 입을 여는 바람에 그냥 주저앉고 말았다. 빨간 셔츠는 줄무늬 실크 손수건으로 얼굴을 닦으며 천천히 입을 열었다. 저 손수건은 분명 마돈나한 테서 우려 냈겠지? 자고로 남자는 하얀 삼베 손수건을 써야 멋있는 법인데.

"기숙사 학생들이 말썽을 부렸다는 소식을 듣고 교감으로서 평소에 교화가 얼마나 부족했는지를 깊이 통감하고 있습니다. 그런데 이런 일은 결국 어떤 결함이 잠재돼 있었기에 일어나는 법입니다. 사건 그 자체만 보자면 오로지 학생들에게 책임이 있는 듯하지만, 이면을 살펴보면 학교 쪽에도 어느 정도는 문제가 있다는 생각이 듭니다. 따라서 표면에 드러난 것만 보고 엄중한 제재를 가하는 것은 오히려 미래를 위해 좋지 않다고 여겨집니다. 혈기왕성하고 활기 넘치는 청소년들인지라, 선악을 생각지 않고 무의식적으로 장난질을 친 것이라 볼 수도 있으니까요. 원래 처분이란 교장 선생님의 권한으로 행해지는 것이지만, 이런 사정을 깊이 헤아리셔서 최대한 관대하게 처리해 주시기를 바라는 바입니다."

너구리도 너구리지만 빨간 셔츠도 만만치가 않았다. 학생들이 말썽을 부리는 것도 다 선생이 나빠서라고 공언하는 셈이나 다름없었다. 미친놈이 지나가는 사람의 머리를 난데없이 때리는 것도 결국 맞은 사람이 잘못해서라는 것과 마찬가지였다. 참

아름답고 고마운 세상이다. 힘이 넘쳐나서 견디기 힘들면 운동
장에 나가 저희끼리 씨름이라도 한판 벌일 것이지, 선생이 숙직
을 서는 방에다 메뚜기를 잔뜩 집어넣어 놓고선 그냥 넘어가자
니! 이게 말이나 되는 소리인가? 이런 식이라면, 자는 놈의 목을
따 놓고도 무의식적으로 한 일이라고 우기면 풀어 주겠다는 것
과 무엇이 다르다는 말인가?

나는 무슨 말이든 하려고 입을 달싹였다. 기왕 말을 하려면 듣
는 사람을 깜짝 놀라게 만들 정도로 당당하고 기품이 있어야 할
터였다. 그런데 나라는 인간은 화가 치밀면 고작 두세 마디를
내뱉고서 말문이 턱 막혀 버리기 일쑤였다.

너구리도 빨간 셔츠도 인물이야 나보다 훨씬 더 떨어지지만
말솜씨 하나만큼은 그야말로 대단했다. 이런 자리에서 괜히 나
섰다가 자칫 말문이라도 막혀서 오도 가도 못 하는 신세가 되어
버리면 영 재미없게 되어 버리기 십상이었다. 그래서 복안을 세
워 보려 마음속으로 문장 몇 개를 만들어 보았다.

그런데 그때 앞에 앉은 알랑쇠가 갑자기 벌떡 일어나는 바람
에 깜짝 놀라고 말았다. 알랑쇠 주제에 자기 의견을 말하려 들
다니! 이거, 완전 건방진 자식이다. 알랑쇠는 평소의 그 감질맛
나는 어투로 말을 시작했다.

"사실 이번 메뚜기 사건은 양식 있는 교사로서 우리 학교의
미래를 걱정하지 않을 수 없게 만드는 일입니다. 이번 기회에

교사 전원은 스스로를 깊이 되돌아보고 학교의 풍기를 신중하게 정화하지 않으면 안 됩니다. 방금 교장 선생님과 교감 선생님이 하신 말씀은 이 사태의 정곡을 실로 적절하게 찌른 것이라 생각됩니다. 그래서 저 또한 철두철미하게 찬성하는 바입니다. 가능한 한 관대하게 처분해 주시기를 부탁드립니다."

알랑쇠의 말은 그저 말을 내뱉었을 뿐 별 의미가 없었다. 어려운 단어를 주욱 늘어놓기만 했지, 전하려는 바가 무엇인지 도통 알아들을 수가 없었다. 오로지 철두철미하게 찬성한다는 말만 귀에 들어와 박혔다.

나는 알랑쇠가 하는 말이 무슨 뜻인지 파악하지 못했지만, 속에서 불쑥 화가 치밀어서 머릿속으로 문장을 다 만들지도 못한 채 벌떡 일어서고 말았다. 그리고 대뜸 이렇게 외쳤다.

"저는 철두철미하게 반대합니다."

그런데 그다음 말이 나오지 않았다.

"……그런 말도 안 되는 처분은 너무너무 싫습니다."

결국은 군색하게도 이렇게 덧붙이자, 선생들 모두가 와르르 웃음을 터뜨렸다.

"학생들의 행동은 완전 나쁩니다. 이참에 반성하게 하지 않으면 아예 버릇으로 굳어 버릴 겁니다. 필요하다면 퇴학을 시켜도 좋습니다. ……이 무슨 건방진 행동입니까? 신참 선생이라고 깔보고서……."

나는 여기까지 말한 뒤, 자리에 털썩 주저앉았다. 그러자 오른쪽에 앉아 있던 생물 선생이 입을 열었다.

"학생이 잘못한 것은 분명하지만, 너무 엄한 벌을 내리면 반발할 가능성이 있습니다. 교감 선생님 말씀대로 관대한 처분에 찬성합니다."

정말이지 나약하기 짝이 없는 말을 시부렁거렸다. 왼쪽에 앉은 한문 선생도 온건주의에 찬성한다고 말했다. 역사 선생도 교감과 같은 의견이라고 덧붙였다. 그야말로 넌더리가 났다. 대부분이 빨간 셔츠파였다. 이런 놈들이 학교를 이끌어 간다니! 말도 안 되는 일이었다.

나는 학생들에게 사과를 받거나 내가 학교를 떠나거나 둘 중 하나로 마음을 정했다. 만일 빨간 셔츠가 이긴다면 그길로 하숙집으로 돌아가 짐을 꾸릴 각오를 했다. 어차피 이런 인간들을 말로써 굴복시킬 솜씨는 없었다. 설령 굴복시킨다 해도 매일같이 얼굴을 마주해야 하지 않는가.

그건 내가 싫었다. 내가 학교를 떠나면 그만이었다. 그 뒤에야 어떻게 되든 알 바가 아니었다. 내가 무슨 말을 하면 죄다 웃기만 하고……. 더 이상 아무 말도 하지 않을 참이었다. 나는 입을 꾹 다문 채 조용히 앉아 있었다.

그러자 지금까지 말없이 듣고만 있던 돌풍이 자리에서 벌떡 일어섰다. 너도 빨간 셔츠 편을 들겠지? 어차피 너하고는 한판 붙을 참이었어. 네 멋대로 지껄여 봐! 이런 마음으로 잠자코 지켜보고 있자니, 돌풍이 유리창이 달달 떨릴 만큼 큰 소리로 말을 하기 시작했다.

"나는 교감 선생님을 비롯한 다른 선생님들의 의견에 전혀 동의하지 않습니다. 왜냐하면 이 사건은 어느 측면에서 바라보건, 오십 명의 기숙사 학생들이 신참 교사 모 씨를 경멸하고 놀린 행동 이외의 그 어떤 것도 아니기 때문입니다. 교감 선생님은 그 원인을 교사의 됨됨이에서 찾으시려는 것 같은데, 실례지만 그건 명백하게 실언을 하신 듯합니다. 심지어 모 선생은 부임한 지 얼마 안 되어 숙직을 섰습니다. 부임한 지 고작 이십여 일도 안 되었기에 학생들의 성향을 다 파악했다고 보기도 어렵습니다. 그 짧은 시간 동안 학생들 역시 모 선생의 학문이나 됨됨이를 평가할 여유는 없었으리라 생각됩니다.

혹시라도 경멸당할 만한 타당한 이유가 있었다면 학생들의 행위를 정당화해 볼 수 있을 테지만, 그게 아니라면 신참 선생을 우롱한 학생들의 경박한 행동을 결코 간과해서는 안 됩니다. 이는 학교와 교사의 위신과도 관계가 있으니까요.

교육 정신은 단순히 학문을 전수하는 것만이 아닙니다. 고상하고 정직한 무사적 기질을 고취함과 동시에 야비하고 경박하고 폭력적인 악습을 소탕하는 데도 있다고 생각합니다. 만일 반발이 두렵다는 둥 소동이 일어날지도 모른다는 둥 하는 얄팍한

생각을 가지고 교단에 선다면, 이런 악습을 어떻게 고칠 수 있
겠습니까?

우리는 이런 악습을 박멸하기 위해 교사가 되지 않았나요? 이
런 일을 보고도 못 본 척할 정도라면 애당초 선생이 되지 말았
어야지요. 이와 같은 이유로 기숙사 학생 전체를 엄벌에 처하고,
또 모 선생에게 공개적으로 사과를 하게 하는 것이 마땅하다고
생각합니다."

돌풍은 이렇게 말한 뒤 자리에 앉았다. 모두가 입을 꾹 다문
채 한동안 아무 말도 하지 않았다. 빨간 셔츠는 파이프만 매만
지고 있었다. 나는 속으로 무척 기뻤다. 내가 하고자 했던 말을
돌풍이 다 해 준 것이나 마찬가지였다. 나란 인간이 이렇게나
단순하다. 조금 전까지 싸웠던 기억을 깡그리 잊어버리고서 고
마워 미치겠다는 표정으로 돌풍을 빤히 바라보았다. 그런데 정
작 돌풍은 짐짓 모른 척하며 고개를 획 돌렸다.

잠시 후, 돌풍이 다시 일어섰다.

"빠뜨린 말이 있어서 또 일어섰습니다. 그날 밤에 숙직을 맡은
모 선생은 무단으로 외출하여 온천에 다녀왔다고 합니다. 이건
결코 있어서는 안 될 일입니다. 한 학교의 안전을 책임져야 할
사람이 온천에 가서 목욕을 즐겼다는 것은 커다란 실책이 아닐
수 없습니다. 학생들에게는 학생들대로 마땅한 처벌을 해야 하
지만, 이 부분에 대해서는 교장 선생님이 우리 학교의 책임자로

서 모 선생에게 주의를 주셔야 한다고 생각합니다."

참으로 묘한 놈이다. 나를 위해 주는가 싶더니, 순식간에 대놓고 잘못을 까발리며 따지고 들었다. 나는 이전 숙직자가 바깥에 나가기도 했다는 말을 들은 터라, 다들 그러는 모양이라 여기고 온천에 갔던 것이다. 그런데 돌풍의 말을 듣고 보니 내가 잘못한 것이 분명했다. 비판을 받아도 어쩔 수 없는 일이었다. 그래서 스스로 벌떡 일어섰다.

"제가 숙직 중에 온천에 다녀온 것은 사실입니다. 변명의 여지 없이 명백하게 저의 잘못입니다. 죄송합니다."

나는 이렇게 말하고는 자리에 엉거주춤하게 앉았다. 그러자 다시금 웃음이 터졌다. 웃긴 왜 웃어? 내가 뭘 어쨌다고……. 정말이지 실없는 놈들이다. 너희는 이렇게 자신의 잘못을 공식적으로 밝힐 용기 있어? 그럴 자신이 없으니까 괜히 웃는 거잖아.

잠시 후 교장은 이제 의견이 다 나온 것 같으니 깊이 생각해 보고 처분을 결정하겠다고 말했다. 말이 나온 김에 그 결과를 밝히자면, 기숙사 학생들은 일주일 동안 외출 금지 처분을 받았다. 그리고 공식적으로 내 앞에서 사과를 했다. 녀석들이 사과하지 않으면 그길로 사직서를 내고 고향으로 돌아갈 생각이었는데……. 어쨌든 내가 원하는 대로 일이 풀렸기 때문에 학교를 그만두지는 않았다. 그런데 그 일로 아주 골치 아픈 사건이 생기고 말았다.

그건 나중에 이야기하기로 하고, 교장은 회의의 연장이라고 하면서 이런 말을 덧붙였다. 학생들의 행동은 교사의 감화를 통해 올바르게 변할 수 있으므로, 교사는 그 실천의 일환으로 가능한 한 대중 음식점에 가지 말라고 했다.

물론 송별회 같은 경우는 예외로 둘 수 있지만, 절대로 혼자서 고급스럽지 못한 장소에 가는 것은 피하라나? 이를테면 메밀국숫집이라든지 떡집이라든지……. 그 대목에 이르러 모두가 또 와르르 웃음을 터뜨렸다. 알랑쇠가 돌풍을 쳐다보며 튀김 어쩌고 하면서 눈짓을 했지만, 돌풍은 끝까지 아무런 반응을 보이지 않았다. 그것을 보는 순간, 기분이 아주 상쾌해졌다.

나는 머리가 나빠서 그런지, 너구리가 하는 말이 이해가 잘 안 되었다. 메밀국숫집이나 떡집에 가는 게 중학교 선생의 체면을 깎는 거라고 한다면 대체 나 같은 먹보는 어쩌란 말인가. 뭐, 꼭 그래야 한다면 어쩔 수 없지만.

그럴 바엔 애당초 떡 같은 거 좋아하지 않는 사람을 불러서 고용하면 되는 것 아닌가. 아무 말도 없이 불러다 놓고는 메밀국수를 먹으면 안 된다는 둥, 떡을 먹어도 안 된다는 둥, 말도 안 되는 지시를 내리다니! 나같이 먹는 거 말고는 딱히 취미랄 것도 없는 인간에게는 심각한 타격이 아닐 수 없었다.

그러자 빨간 셔츠가 다시 입을 열었다.

"원래 중학교 선생은 사회의 상류층에 속하는 만큼 단순히 물질적 쾌락만을 추구해서는 안 됩니다. 거기에 탐닉하다 보면 품성에 나쁜 영향을 끼칠 수도 있으니까요. 그러나 한낱 인간이기에 별달리 즐거운 일이 없으면 이 좁은 시골에서 도저히 견뎌낼 수가 없습니다. 그래서 낚시를 하거나 문학 작품을 읽거나 신체시를 짓거나, 뭐든 고상한 정신적 오락을 추구하지 않으면 안 되는 것입니다."

저 혼자 열을 내며 떠들어 대는 꼴이라니. 바다로 나가 비료를 낚아 올리고, 고루키가 러시아 소설가로 변신하고, 친한 게이샤가 소나무 아래 서 있기도 하고……. 오래된 연못에 개구리가 퐁당 뛰어드는 것이 정신적인 오락이라면, 튀김 메밀국수나 경단을 먹는 것도 정신적 오락이다. 그런 별 볼일 없는 오락보다는 빨간 셔츠라도 빠는 게 천만 배는 나을걸.

나는 너무 화가 나서 이렇게 말해 버렸다.

"마돈나를 만나는 것도 정신적 오락입니까?"

그러나 이번에는 아무도 웃지 않았다. 묘한 표정으로 서로의 얼굴을 바라보기만 했다. 빨간 셔츠는 뭐가 괴로운지 고개를 푹 떨구었다. 그것 봐! 이거 완전 직방이네. 다만 끝물이 마음 쓰였다. 내가 그 말을 하는 순간, 안 그래도 하얀 얼굴이 더욱더 창백해져 버렸다.

제 7 장

# 남자와 여자

나는 바로 하숙집에서 나오기로 했다. 하숙집에 돌아가 짐을 꾸리는데, 안주인이 다가와 무슨 불편한 일이라도 있느냐고 물었다. 만일 그런 게 있다면 곧바로 고치겠다는 것이다.

이거 정말 놀랄 '노'자가 아닐 수 없다. 세상에는 왜 이렇게나 앞뒤를 모르는 인간들로 가득한지. 나가 주기를 바라는 건지, 있어 주기를 바라는 건지 도통 모르겠다. 그저 미친년 같을 뿐……. 이런 인간을 상대로 싸운들 도쿄 토박이에겐 치욕이 되기만 할 터였다. 나는 상대할 가치를 느끼지 못한 나머지, 수레꾼을 불러 재빨리 나와 버렸다.

일단 짐을 싸 들고 나오긴 했는데 어디로 가야 할지 막막했다.

수레꾼이 어디로 갈 거냐고 묻기에, 그냥 따라오기나 하라고 하고는 슥슥 앞으로 걸어 나갔다. 야마시로야에나 갈까 하는 생각이 들었지만, 다시 나와야 하니까 괜히 번거롭기만 할 것 같았다. 이렇게 걷다 보면 하숙집이나 그 비슷한 집의 간판 같은 것이 눈에 띄겠지. 그러면 그것을 하늘의 뜻이라 여기고 하숙집으로 삼을 참이었다.

그렇게 살 만한 곳을 찾아 이리저리 돌아다니는 사이에 가지야초까지 가고 말았다. 이곳은 무사 계급의 저택들이 늘어선 곳이라 하숙집 따위가 있을 리 없었다. 그래서 번잡한 서민들의 거리로 나가려는데, 갑자기 번득 떠오르는 게 있었다.

내가 경애해 마지않는 끝물이 이 부근에 산다는 사실이었다. 끝물은 조상 대대로 저택을 보존하며 이곳에 살고 있었다. 그러니 이 부근의 사정을 훤히 꿰뚫고 있을 터였다. 끝물을 찾아가서 물어보면 쓸 만한 하숙집을 찾아 줄지도 몰랐다. 다행히 인사를 하러 온 적이 있어서 집을 찾아 헤맬 필요는 없었다.

기억을 더듬어 끝물의 집을 어림짐작하고는 "계시오!" 하고 큰 소리로 사람을 불렀다. 그러자 안쪽에서 쉰이나 됨직한 부인이 솔가지 등불을 들고 나왔다. 나는 젊은 여자도 좋아하지만, 이렇게 나이 든 여인을 보면 괜스레 마음이 푸근해졌다. 아마도 키요를 좋아하는 마음이 세상의 온갖 나이 든 여자에게로 옮겨가는 모양이었다.

이 부인은 아마도 끝물의 어머니인 듯했다. 목 언저리에서 가지런히 자른 머리 모양이 꽤 우아하고 품위 있어 보였다. 신기하게도 얼굴이 끝물과 많이 닮았다.

"자, 이리 들어오세요."

부인이 나를 집 안으로 이끌었지만, 잠시 얼굴만 보면 된다고 하면서 한사코 거절했다. 결국 끝물이 현관 앞으로 나왔다. 나는 끝물에게 사정을 설명하고는 혹시 아는 데가 있느냐고 물어보았다.

"그것참, 어려운 사정이군요."

끝물은 이렇게 말하고는 잠시 생각에 잠겼다가 천천히 입을 열었다.

"요 뒤편에 하기노라는 노부부가 사는데, 언젠가 집이 텅 비어 아깝다고 괜찮은 사람이 있으면 방을 빌려 주고 싶다고 했어요. 지금이라도 방을 빌려 줄지는 모르겠지만 일단 같이 가서 물어보지요."

끝물은 친절하게도 나를 직접 안내해 주었다.

그날 밤부터 나는 하기노 씨네 집 하숙생이 되었다. 놀랍게도 내가 이카긴의 집에서 물러나자마자, 다음 날 알랑쇠가 아무렇지도 않은 얼굴로 내가 있던 방을 차지해 버렸다. 아무리 내가 세상사에 무심한 성격이라지만, 이 일만큼은 경악하지 않을 수 없었다. 세상은 온통 사기꾼들 천지인지도 몰랐다. 아니면 서로

가 서로를 못 잡아먹어 안달하는 곳이든지……. 정말이지 넌더리가 났다.

세상이 정녕 이 모양이라면 나도 세상의 방식을 따르지 않을 도리가 없다. 도둑놈을 등쳐 먹지 않으면 세끼 밥조차 먹고살 수 없다는 게 확실하다면, 그런 식으로 살아가는 방법도 한번 생각해 봄직하다. 이렇게 튼실한 몸으로 비틀거리기만 해서는 조상 볼 면목도 없고 세상 평판에도 좋을 게 없다.

이제 와 생각해 보니, 물리 학교 같은 데서 수학같이 아무짝에도 쓸모없는 걸 배우느니 600엔을 자본금으로 해서 우유 대리점이라도 냈으면 훨씬 더 좋았을 텐데. 그랬더라면 키요를 계속 곁에 두고 있었겠지. 이렇게 멀리 떨어져 살면서 걱정하지 않아도 되었을 테고.

같이 있을 때는 잘 몰랐는데, 이렇게 시골에 혼자 떨어져 살다 보니 키요의 온기가 너무도 그리웠다. 그렇게 마음이 상큼한 여자는 온 일본을 다 돌아다녀도 찾을 수 없을 듯했다.

내가 도쿄를 떠날 때 감기 기운이 조금 있었던 것 같은데 지금은 좀 어떤지 모르겠다. 내가 보낸 편지를 받았다면 무척 기뻐했을 텐데. 그건 그렇고 이제 답장이 올 만도 한데……. 그런 생각을 하면서 이삼 일을 더 보냈다.

그러고 나서 도무지 마음이 놓이지 않아, 하숙집 할머니에게 도쿄에서 온 편지가 없는지 물어보았다. 할머니는 참 안됐다는 듯한 표정을 지으며 편지가 오지 않았다고 대답했다. 이 부부는 이카긴네와는 사뭇 달랐다. 무사 집안이라 그런지 몸짓 하나에서까지 품위가 흘러넘쳤다. 할아버지가 밤마다 이상한 소리를 내며 노래를 부르는 통에 좀 김이 빠지긴 하지만, 이카긴처럼 차라도 한잔하라며 무작정 밀고 들어오는 일은 없어서 마음이 자못 편했다.

할머니는 때로 내 방에 와서 이런저런 이야기를 늘어놓았다.

"선생님, 왜 부인과 같이 오지 않았어요? 그랬으면 얼마나 좋았겠어요?"

"내가 결혼을 한 것처럼 보이는가요? 이래 봬도 이제 겨우 스물네 살인데요."

"아유, 스물네 살이면 당연히 결혼을 했어야죠. 어디 사는 머시기는 스무 살에 장가를 들었는걸요. 저쪽 동네 거시기는 스물두 살에 자식을 둘이나 두었고요."

적절한 예를 반 다스나 들면서 나무라듯이 말하는 통에, 나는 그만 두 손을 들고 말았다.

"그럼 스물네 살에 마누라를 얻을 수 있게 좀 도와주세요."

나는 일부러 사투리를 섞어 친근감 있게 말했다. 그러자 할머니가 눈을 동그랗게 뜨며 진심이냐고 물었다.

"진심이고말고요. 마누라를 얻고 싶어서 환장하겠다니까요."

"그럴 테지요. 젊을 때는 누구나 다 그러니까요."

이렇게 위로까지 해 주는 데는 도저히 답할 말이 없었다.

"그런데 선생님은 이미 부인이 계시잖아요? 벌써 눈치를 챘다니까요."

"정말 대단한 안목이시네요. 어떻게 아셨어요?"

"어떻게 알았느냐고요? 도쿄에서 편지 온 거 없느냐고 몇 번이나 물었잖아요. 매일 편지를 기다리며 초조해했으면서……."

"아, 이거 정말 놀랍네요. 진짜 대단한 눈썰미십니다."

"혹시 내 말이 맞았나요?"

"그럼요, 정확히 맞추었을지도 모르지요."

"그렇지만 요즘 여자들은 옛날하고 달라서 함부로 마음을 놓으면 안 돼요. 항상 조심해야 해요."

"뭐가요? 혹시 내 마누라가 도쿄에서 바람이라도 피운다는 말씀인가요?"

"아녜요, 선생님 부인은 아무 일도 없겠지만……."

"아, 그럼 마음이 놓이네요. 그런데 뭘 조심하라는 거지요?"

"선생님 부인은 괜찮겠지만……."

"어디 미심쩍은 사람이라도 있단 말인가요?"

"이 부근에는 아주 많아요. 선생님, 저 도야마 씨의 딸 아세요?"

"아니요, 모르는데요."

"아직 모를 수도 있겠네요. 이 부근에서는 가장 미인일걸요. 워낙 미인이다 보니 학교 선생들이 하나같이 '마돈나, 마돈나'

하면서 쫓아다닌다고 해요. 아직 못 들어 봤어요?"

"아, 마돈나 말인가요? 나는 게이샤 이름인 줄 알았는데."

"아니에요, 선생님. 마돈나는 서양 말인데, 미인을 그렇게 부른다고 하던데요."

"그럴지도 모르죠. 아, 그거 재미있네요."

"아마도 미술 선생님이 붙여 준 이름일걸요."

"알랑쇠가 붙여 준 모양이네요."

"아니에요, 요시가와 선생님이 붙여 준 이름이래요."

"혹시 그 마돈나…… 방탕하다는 뜻인가요?"

"아마도 행실이 좋지 않은 마돈나일 거예요."

"그것참, 옛날부터 별명이 붙은 여자치고 제대로 된 이가 없다더니……. 그럴지도 모르겠네요."

"정말로 그렇다니까요. 마귀 같은 여자라는 둥, 사람 홀리는 여우라는 둥 말이 많아요. 어쨌든 무서운 여자인 것만은 분명하다니까요."

"마돈나가 그렇게 무서운 여자인가요?"

"그런데 말이에요, 선생님. 그 마돈나가 선생님을 우리 집에 소개한 고가 선생님과 진작에 약혼을 했대요."

"우아, 정말 신기한 일도 다 있네요. 그 끝물 선생이 그렇게나 여복이 있다니! 역시 사람이란 겉보기하고는 다르다니까요. 조심해야겠어요."

"그런데 작년에 그 집 아버님이 세상을 떠나서……. 그 전까지만 해도 돈도 있고 은행 주식도 있어서 정말 잘살았거든요. 무슨 영문인지 갑자기 생활이 어려워졌지 뭐예요. 고가 선생님이 워낙 사람이 좋다 보니까 사기를 당한 거라고들 해요. 그러다 보니 결혼도 연기하게 되었다네요. 그런데 그때 교감 선생님이 떡 나서서는 마돈나한테 결혼해 달라고 청했다는 거예요."

"빨간 셔츠가요? 더러운 놈! 역시 그놈 셔츠가 보통 셔츠는 아니었군. 그래서요?"

"중간에 사람을 넣어서 그런 뜻을 전했는데, 도야마 씨도 고가 선생님에 대한 도리가 있고 해서 금방 대답을 하지 못했대요. 좀 생각해 보겠다는 정도로 했다나 봐요. 그러자 교감 선생님이 어떻게든 해 보려고 도야마 씨네 집에 들락날락하기 시작했대요. 그러다 마침내 그 아가씨에게 손을 대 버렸다는 거 아니에요? 빨간 셔츠도 나쁘지만, 그 아가씨도 좀 그렇다고 다들 손가락질을 해요. 고가 선생님한테 시집을 가겠노라고 약속을 해 놓고서는, 이제 와서 대학 출신을 쫓아서 휙 돌아서다니! 이건 천리에 맞지 않는 거라고요."

"그건 말도 안 되지요. 천 리는 물론이고 만 리든 십만 리든 절대로 말이 안 되고말고요."

"보다 못한 홋다 선생님이 교감 선생님한테 찾아가서 뭐라고 했나 봐요. 그러자 교감 선생님이 남의 사람을 빼앗는 짓은 절대로 하지 않을 거라고 했대요. 정식으로 파혼이 되면 어떨지 몰라도, 지금은 도야마 씨네 집과 그저 인간적인 교분을 쌓는 것뿐이라고요. 그렇기 때문에 자신이 그 집을 오가는 게 딱히 고가 선생님한테 실례가 되는 일이 아니라고 하더래요. 그렇게 말하니 홋다 선생님도 더 이상 어쩔 도리가 없었죠. 그 일이 있은 뒤로 교감 선생님과 홋다 선생님은 쭉 사이가 좋지 않다고 하네요."

"아는 게 무척 많으시네요? 남의 일을 어떻게 그렇듯 자세히 알고 계세요? 진짜로 감탄했습니다."

"워낙 좁은 동네라 뭐든 다 알게 되지요."

이럴 땐 너무 알아서 골치다. 이런 세상이기에 튀김 메밀국수니 경단이니, 그런 것도 다 알고 있을 것 같다. 한마디로 골 때리는 동네다. 그렇지만 그 덕분에 마돈나가 누군지 알게 되었지 않나? 돌풍과 빨간 셔츠의 관계도 알게 되었고.

정말로 공부 많이 했다. 다만 어느 쪽이 나쁜지가 분명하지 않다는 게 좀 곤란하다. 나같이 단순무식한 인간에게는 흑인지 백인지 명확히 정리해 주지 않으면 어느 편을 들어야 하는지 도무지 감을 잡을 길이 없다.

"빨간 셔츠와 돌풍, 도대체 어느 쪽이 좋은 사람이지요?"

"돌풍이 뭔데요?"

"홋다 선생 말입니다."

"그야 돌풍이 세긴 하지만, 빨간 셔츠는 대졸이니까 통하는 게 더 많겠지요. 빨간 셔츠가 더 상냥한 편이지만 학생들의 평판은 홋다 선생님 쪽이 좋다고 해요."

"확실히 말해 보세요, 어느 쪽이 좋은지."

"그러니까 결국 월급이 많은 쪽이 세지 않을까 싶은데."

더 물어봐야 소용이 없을 듯싶었다. 그만두자. 그러고 나서 이삼 일이 지난 뒤였다. 학교에서 돌아오는데 할머니가 방긋방긋 웃으면서 편지 한 통을 내밀었다. 드디어 올 것이 왔다나.

아니나 다를까, 편지 봉투를 살펴보니 키요에게서 온 것이었다. 우표가 꽤 여러 장 붙어 있었는데, 아마도 야마시로야에서 이카긴네 하숙집으로 갔다가 다시 이쪽으로 왔기 때문인 듯했다. 게다가 야마시로야에서 일주일 정도 묵은 것 같았다. 여관이라고 편지까지 묵게 한 모양이었다.

편지지를 펼쳐 보니 사연이 아주 길었다. 도련님의 편지를 받고 바로 답장을 쓰려고 했지만, 하필이면 감기에 걸려서 일주일이나 누워 지내는 바람에 이렇게 늦어지고 말았다고 했다. 게다가 요즘 젊은 여자들처럼 글을 잘 아는 게 아니라서 이런 서투른 문장을 만드는 데도 얼마나 애를 먹었는지 모른다나. 조카한테 대필을 부탁할까 했지만, 자주 쓰는 편지도 아닌데 직접 쓰지 않으면 도련님한테 미안한 생각이 들 것 같았다고……. 그래서 밑그림을 그린 다음 깨끗이 옮겨 썼단다. 글을 옮겨 쓰는

데는 이틀이 걸렸지만, 밑그림을 그리는 데는 나흘이나 걸렸다고……. 읽기 힘들지도 모르겠지만, 이래 봬도 있는 힘을 다해 쓴 것이니 끝까지 읽어 달라고 했다.

이런 내용의 넋두리가 두루마리로 일 미터가 넘게 늘어져 있었다. 사실 읽기가 몹시 힘들었다. 글씨가 비뚤비뚤한 데다 띄어쓰기를 하지 않은 탓에 어디서 끊어 읽어야 할지 알 수가 없었다. 게다가 점을 전혀 찍지 않아서 눈이 핑글핑글 돌았다.

나는 성질이 급한 인간인지라, 이렇게 알아보기 힘든 편지는 5엔을 주고서 읽어 달라고 사정해도 사양할 판이었다. 하지만 이번만큼은 아주 진지하게 처음부터 끝까지 다 읽었다. 그런데 읽는 데만 힘을 다 쏟은 탓에 의미를 파악하기가 어려웠다. 결국 머릿속에서 내용을 다시 되새김질해 보아야 했다. 방 안이 조금 어두운 편이어서 읽기가 더 힘들었다. 바깥으로 나가 마루 끝에 걸터앉은 뒤 집중해서 또다시 읽었다.

초가을 바람이 파초 잎을 살랑살랑 흔들고는 내 몸을 스치다가, 금세라도 이 긴 편지지를 마당 쪽으로 날려 버릴 듯이 팔랑거렸다. 이대로 놓아 버리면 저기 생울타리까지 날아가 버릴 것 같았다. 나는 지금 그런 데까지 신경 쓸 겨를이 없었다.


도련님은 대를 쪼갠 듯한 성격에다 뼛성을 잘 부린다는 게 걱정이에요. 아무 생각 없이 다른 사람의 별명을 지어 부르다가는 원한을 살 수 있으니 앞으로는 조심하도록 해요. 만일 그런 별명을 꼭 짓고 싶으면 나한테만 말하고요. 시골 사람들은 품성이 썩 좋지 않은 듯하니 각별히 조심해서 피해를 입지 않도록 하세요.

기후도 도쿄보다 거칠 게 뻔하니 이불을 걷어차고 자다가 감기 들지 않게 조심해요. 도련님의 편지가 너무 짧아서 어떻게 살아가는지 자세히 알 수가 없으니, 다음에는 이 편지의 반 정도는 되도록 길게 써 주세요.

하숙집에 찻값으로 5엔을 주는 건 괜찮지만, 나중에 곤란한 일을 겪을까 봐 걱정스럽네요. 타향에서는 오로지 돈만이 힘인데, 가능한 한 절약해서 만에 하나의 경우를 대비해야 해요.

용돈이 부족할지도 모르니 10엔을 부칠게요. 지난번에 도련님이 준 50엔을 우체국에 맡겨 두었는데, 지금 보내는 10엔을 제하더라도 아직 40엔이 남아 있으니 괜찮아요. 그 돈은 언젠가 도련님이 도쿄로 돌아와 집을 구할 때 보태 주고 싶어요.


여자란 존재는 정말 세심하다.

내가 마루 끝에 앉아 키요의 편지를 펼친 채 생각에 잠겨 있을 때, 하기노 할머니가 칸막이 문을 열고 저녁상을 들고 들어왔다.

"아직 읽고 계시오? 아주 긴 편지인 모양이네요."

"소중한 편지라서 바람을 쐬며 보고 또 보는 중이에요."

나도 무슨 뜻인지 모를 말을 하고는 밥상머리에 앉았다. 오늘 저녁도 고구마조림이다. 이 집은 이카긴네 하숙집보다 정중하고 친절하고 품위가 있어 좋지만, 음식은 맛이 없다는 게 흠이라면 흠이다. 그저께도 고구마, 어제도 고구마, 오늘도 고구마다. 내가 고구마를 좋아한다고 말한 것은 분명하지만, 이렇게 매일 고구마만 먹어서는 생명 유지에 지장이 있을 듯하다. 이러다가는 나도 오래지 않아 끝물처럼 고구마 줄기로 변해 비실비실 시들어 버릴 것 같다.

키요라면 이런 날에 참치 회 아니면 어묵을 구워 주었을 거다. 가난뱅이 무사 집안에다 구두쇠다 보니 어쩔 수 없는 노릇이지. 아무래도 키요가 아니고서는 안 될 것 같다. 혹시라도 이 학교에 오래 있을 참이면 키요를 이리로 아예 불러오는 게 좋겠다.

튀김 메밀국수를 먹어서도 안 되고 경단을 먹어서도 안 된다니! 하숙집에서 고구마만 잔뜩 먹고 누렇게 떠 버리라는 거야? 교육자는 정말 괴롭다. 스님이라도 이보다는 더 잘 먹을 것이다.

나는 고구마 한 접시를 뚝딱 해치우고는 책상 서랍에서 달걀 두 알을 꺼냈다. 그릇의 가장자리에 톡톡 쳐서 깬 다음 호르륵 마셨다. 달걀로라도 영양을 보충하지 않으면 일주일에 스무 시간의 수업을 버틸 재간이 없었다.

오늘은 키요의 편지를 읽느라, 목욕하는 시간이 그만큼 늦어지고 말았다. 목욕을 하루라도 거르면 기분이 영 상쾌하지가 않았다. 기차를 타기 위해 빨간 수건을 챙겨 들고 역으로 갔다. 하필이면 기차가 이삼 분 전에 떠나 버려서 조금 더 기다려야 했다. 의자에 걸터앉아 시키시마(일본에서 판매하던 고급 담배.—옮긴이)를 한 대 피워 물다가 우연히 끝물과 마주치게 되었다.

아까 그런 이야기를 들어서 그런지, 괜스레 끝물이 불쌍해 보였다. 평소에도 이 넓은 천지간에 혼자인 듯이 보여서 너무도 애처롭게 느껴졌는데, 오늘 밤은 애처롭다는 말 정도로는 어림도 없을 만큼 가여웠다. 가능하다면 당장 월급을 두 배로 올려 주고서, 내일이라도 도야마의 딸과 결혼식을 올리게 해 주고 싶었다. 그리고 한 달가량 도쿄로 신혼여행을 보내 주고 싶은 마음이 물밀 듯이 밀려왔다.

"아, 목욕 가시는군요? 자, 이쪽으로 앉으세요."

내가 좋은 마음으로 자리를 양보했지만, 끝물은 연방 황송해하며 그대로 서 있었다.

"기차가 오려면 한참 기다려야 해요. 피곤할 텐데 잠깐 앉지 그래요?"

나는 다시 자리를 권해 보았다. 사실은 무슨 수를 쓰든 옆에 앉히고 싶을 만큼 불쌍하고 안쓰러워서 견딜 수가 없었다.

"그럼 실례할게요."

결국 끝물은 내 말대로 옆에 다소곳이 앉았다. 세상에는 알랑쇠 같은 시건방지고 뻔뻔한 인간도 있다. 그리고 돌풍처럼 마치 내가 없으면 일본이 곤란해지기라도 할 것 같은 표정을 짓고 다니는 놈도 있다. 뭐, 빨간 셔츠처럼 오로지 화장품과 남성미만을 내세우는 인간도 있고. 거기에 교육이 살아 숨 쉬네 어쩌네 하면서 플록코트를 걸친 채 한껏 거드름을 피우는 너구리도 있다.

다들 제 나름대로 폼을 잡고 사는데, 이 끝물마냥 인질로 잡힌 인형처럼 있는지 없는지 얌전하기만 한 사람은 일찍이 본 적이 없다. 비록 얼굴은 푸스스하지만, 이렇게 괜찮은 사내를 버리고 빨간 셔츠한테 달라붙다니! 마돈나라는 여자도 참 한심하기 짝이 없다. 빨간 셔츠가 몇십 벌 있다고 한들 이렇게 멋진 남편감이 될 수는 없을 텐데.

"어디 아픈 데라도 있는 거 아니에요? 영 힘이 없어 보이는데……."

"아니요, 딱히 아픈 데는 없어요."

"그럼 다행이고요. 몸이 안 좋으면 사람이 견디지를 못해요."

"선생님은 아주 건강해 보입니다."

"예, 비쩍 말랐지만 아픈 데는 없어요. 아픈 건 아주 질색이니까요."

내 말을 듣고 끝물이 빙그레 웃었다.

그런데 입구 쪽에서 젊은 여자 웃음소리가 들려서 아무 생각 없이 고개를 돌렸다가 생각지도 못한 사람을 보게 되었다. 키가 아주 큰 미인을 앞세운 채 사십오륙 세쯤 되어 보이는 부인이 차표를 끊는 창구에 서 있었다.

나는 미인을 나타내는 말을 잘 몰라서 어떻게 표현해야 할지 잘 모르겠지만, 한눈에도 엄청난 미인이라는 것만은 분명했다. 마치 수정 같은 것을 따스하게 데워 손바닥에 올려놓은 듯한 느낌이 들었다. 나이가 든 쪽은 키가 작았다. 그러나 얼굴이 닮은 걸로 봐서는 모녀지간인 듯했다.

"어, 뭐야?"

나는 끝물의 존재를 까맣게 잊어버린 채 오로지 그 젊은 여자만 바라보았다. 그때 갑자기 옆에 앉아 있던 끝물이 벌떡 일어서더니 여자 쪽으로 성큼성큼 다가갔다. 그것을 보는 순간, 나도 모르게 깜짝 놀라고 말았다.

'저 여자가 마돈나인가?'

세 사람이 창구 앞에서 가볍게 인사를 나누었다. 거리가 멀어서 무슨 말을 나누는지는 잘 들리지 않았다. 역사의 시계를 보니, 앞으로 오 분 뒤면 기차가 도착할 듯했다. 기차라도 빨리 오면 좋을 텐데……. 대화할 상대도 없고 해서 목을 길게 빼고 있는데, 또 한 사람이 헐레벌떡 역사 안으로 뛰어 들어왔다.

빨간 셔츠였다. 매끌매끌한 기모노에다 쪼글쪼글한 띠를 헐렁하게 감고는 예의 금목걸이를 목에 두르고 있었다. 저 금목걸이는 가짜다. 빨간 셔츠는 아무도 모를 거라 여기고 온갖 폼을 다 재고 있지만 미안하게도 난 진작에 다 알고 있었다.

빨간 셔츠는 역사 안으로 들어오자마자, 뭘 찾는지 눈알을 데굴데굴 굴렸다. 그러다 창구 앞에 서서 이야기를 나누는 세 사람을 발견하고는 가볍게 인사를 하더니, 뭐라고 두어 마디 중얼거린 뒤 고양이처럼 발을 살살 끌며 내 쪽으로 걸어왔다.

"아, 선생도 온천에 가는 모양이구면. 난 기차를 놓칠까 봐 허겁지겁 달려왔는데 아직 삼사 분이나 남았네. 저 시계가 맞기는 한 건가?"

그러고는 자기 시계를 꺼내 이 분 정도 틀리는 것 같다고 중얼거리면서 내 곁에 엉거주춤 앉았다. 여자 쪽으로는 눈길 한 번 주지 않았다. 지팡이 위에 턱을 올려놓고는 어색할 정도로 정면만 바라보았다. 나이 든 부인은 때때로 빨간 셔츠에게로 눈길을 던지는데, 젊은 여자는 고개를 저쪽으로 돌리고선 이쪽은 아예 쳐다보지도 않았다. 마돈나가 틀림없었다.

이윽고 삐, 하고 기적이 울리더니 기차가 다가왔다. 기다리던 사람들은 서둘러 기차에 올랐다. 빨간 셔츠는 일등석에 탔다. 일등석이라고 딱히 폼 잡을 일도 없다. 스미다까지 일등석은 5전이고 이등석은 3전이니까. 고작 2전 차이로 상하가 결정되니, 나 같은 사람도 일등석 차표를 손에 들게 된다. 대체로 촌놈들은 구두쇠라 고작 2전 차이인데도 아끼느라 이등석을 탄다.

빨간 셔츠의 뒤를 이어 마돈나와 그녀의 어머니가 일등석에 탔다. 끝물은 어김없이 이등석만 탔다. 이등석 입구에 서서 뭔가 주저하는 듯하더니, 내 얼굴을 보고는 퍼뜩 기차에 올라타 버렸다. 그 순간 안됐다는 생각이 또다시 들었다. 아무래도 마음이 편치 않아서 끝물을 따라 이등석으로 뛰어올랐다. 일등석 차표로 이등석을 타는데, 뭐 안 될 건 없잖아.

온천에 도착한 뒤에는 삼층에서 유카타(기모노의 일종으로, 평상복으로 쓰이는 간편한 옷.─옮긴이)로 갈아입고 욕탕으로 내려가 끝물을 다시 만났다. 나란 인간은 회의같이 중요한 순간에는 목이 막혀서 말이 제대로 나오지 않는 성미지만, 평소에는 꽤 말을 잘하는 편이었다. 나는 탕 속에 들어가자마자 끝물에게 이런저런 말을 걸어 보았다.

뭐가 뭔지 잘 모르겠지만 가련해서 견딜 수가 없었다. 이런 경우에는 말 한마디라도 따뜻하게 해서 상대의 마음을 토닥이는 것이 도쿄 토박이다운 행동이자 의무가 아닐까 싶다.

그런데 끝물은 내 뜻과 행동에 조금도 맞춰 주지 않았다. 내가 무슨 말을 하면 그냥 '아, 음, 네.'라고 시큰둥하게 반응을 보이다가 그것마저 귀찮다는 듯 입을 꾹 다물어 버렸다. 결국 나만 머쓱해지고 말았다.

탕 안에서는 빨간 셔츠를 보지 못했다. 탕이 여기저기 많다 보니, 제아무리 같은 기차를 타고 왔어도 같은 탕에 들어가란 법은 없었다. 뭐, 그리 이상한 일도 아니었다.

탕에서 나와 밖으로 나간 뒤 하늘을 쳐다보니 달이 무척 아름다웠다. 길 양쪽에 서 있는 버드나무의 기다란 가지가 한가운데로 둥그런 그림자를 드리웠다. 잠시 걸어도 좋을 듯싶었다. 북쪽으로 올라가 한적한 곳으로 나서자, 왼쪽으로 커다란 문이 있었다. 그리고 그 건너편에 절이 있었는데, 그 양옆에 유곽이 있었다. 산문 안에 유곽이 있다니, 참으로 듣도 보도 못한 일이었다.

잠깐 들여다보고 싶은 마음이 들기는 했지만, 지난번 회의 때 너구리가 한 말이 떠올라서 그냥 지나치기로 했다. 문 옆으로 검은 포렴(술집이나 복덕방의 문에 간판처럼 늘인 베 조각.—옮긴이)을 매달고 작은 창이 조르르 나 있는 단층집이 있었다. 바로 내가 경단을 먹고 낭패를 당한 곳이었다. 단팥죽이니 경단이니 하는 메뉴가 적힌 둥그런 초롱이 걸려 있었다. 초롱 불빛이 처마 끝 가까이에 서 있는 버드나무의 가지를 비추었다. 안으로 들어가 먹고 싶은 마음이 굴뚝같았지만 꾹 참고 지나쳐 갔다.

먹고 싶은 경단을 코앞에 두고도 먹지 못하는 이 처량함……. 그러나 약혼녀가 다른 남자에게 마음을 주는 일이 그것보다는 훨씬 더 슬픈 일일 것이다. 끝물의 처지를 생각하면 경단은 고사하고 사흘 정도 단식을 하라 해도 불평을 할 수가 없다. 정말이지 인간만큼 믿지 못할 존재도 없는 듯싶다.

얼굴로 봐서는 그리 몰인정한 짓을 할 리 없을 듯한데, 아름다운 사람일수록 인정머리가 없는 모양이다. 물에 퉁퉁 불어터진 동아(박과의 한해살이 덩굴성 식물로, 가을에 호박처럼 생긴 타원형의 열매가 열린다.—옮긴이) 같은 고가가 실상은 성인군자이니, 사람을 함부로 단정할 일은 아니다.

솔직하고 담백해 보이는 돌풍이 학생들을 선동했다고 해서 괘씸히 여기고 있었더니, 도리어 나서서 학생들을 처벌하라고 교장에게 강력하게 주장을 하지 않나. 속이 니글거려서 꼴도 보기 싫은 빨간 셔츠가 의외로 친절한 말과 행동으로 아무 상관없는 나에게 조심하라며 다정함을 엿보이는가 싶더니, 마돈나를 꼬드겨 끝물에게서 빼앗으려 한다고 하고…….

이카긴의 하숙집은 또 어떻고? 이카긴이 괜히 시비를 걸어 나를 쫓아내더니, 알랑쇠가 금방 그 자리를 꿰차 버리지를 않나. 아무리 생각해 봐도 뭐가 뭔지 모르겠다. 이런 일들을 키요에게 편지로 알려 주면 엄청 놀랄 것이다. 하코네 산 너머 동네라서 요괴들이 모여 사는지도 모른다고 할 것 같다.

나는 원래가 무던한 성격이어서 어떤 일이 벌어지든 별걱정 없이 오늘날까지 버텨 왔다. 그런데 여기 와서 한 달도 채 안 된 사이에 세상일이 너무 번잡하다는 생각이 들었다. 딱히 대단한 사건이 일어난 것도 아니지만, 갑자기 나이를 한꺼번에 대여섯 살쯤 먹어 버린 기분이랄까.

아무래도 빨리 이곳 생활을 정리하고 도쿄로 돌아가는 편이 좋을 것 같다. 그런저런 일들을 생각하다 보니, 어느새 돌다리를 건너 노제리 강둑으로 나서고 있었다. 강이라고 하면 꽤 그럴듯하게 들리겠지만, 사실은 한 걸음에 폴짝 뛰어 건널 수 있는 작은 개천이었다. 둑을 따라 일 킬로미터 남짓 내려가면 아이오이 마을이 나오는데, 그 마을에 관음보살상이 있었다.

온천 거리를 돌아다니다 보니 빨간 등이 곳곳에서 달빛 속에 빛났다. 큰북을 울리는 걸로 보아 아마도 유곽인 듯했다. 강물은 얕지만 물살이 빨라서 신경질이라도 부리는 듯 연방 번득였다. 둑 위를 어슬렁어슬렁 걸어 삼백 미터쯤 갔을 때, 건너편에서 사람의 그림자가 보였다. 달빛에 비치는 두 그림자…… 온천에 왔다가 집으로 돌아가는 젊은이들인지도 모른다. 그런데 말소리도, 노랫소리도 들리지 않는다. 너무 조용하다.

그렇게 계속 걷다 보니, 내 발걸음이 빨라져 두 그림자와 점점 더 가까워졌다. 아니나 다를까, 남자와 여자였다. 이십 미터가량 떨어졌을 즈음, 내 발걸음 소리를 들었는지 남자가 불현듯 뒤를 돌아보았다. 그 순간, 남자의 얼굴을 보고 혹시나 하는 생각이 들면서 가슴이 철렁했다.

남자와 여자는 계속 앞으로 걸어갔다. 나는 확인하고 싶은 게 있어서 전속력으로 달려갔다. 그쪽은 아무것도 모른 채 천천히 발걸음을 옮겼다. 좀 더 가까이 가자, 이야기 소리가 또렷이 들렸다. 둑의 폭은 이 미터 정도여서 세 사람이 겨우 걸을 수 있었다.

나는 남자의 소매를 스치며 지나치자마자, 두 걸음 정도 앞에서 몸을 돌려 남자의 얼굴을 똑바로 들여다보았다. 남자는 앗, 하고 짧게 소리치더니 고개를 홱 돌렸다. 그러고는 여자에게 이제 그만 돌아가자고 재촉하며 온천 거리 쪽으로 재빨리 걸음을 옮겼다.

빨간 셔츠는 뻔뻔스럽게 끝까지 시치미를 뗄 작정일까? 아니면 심약해서 당당하게 내세우지 못하는 것일까? 세상이 좁아서 곤란을 겪는 사람이 나뿐만은 아닌 것 같았다.

제 8 장
# 배신의 대가

빨간 셔츠의 권유로 낚시를 갔다가 돌아올 때는 돌풍을 의심하기 시작했다. 뜬금없는 핑계를 대면서 하숙에서 나가라는 말을 들었을 때도 '세상에 뭐 이렇게 괘씸한 놈이 다 있나?' 하는 생각을 먼저 했다. 그런데 생각과 달리, 지난번 회의에서 당당하게 학생 엄벌론을 내세우는 통에 뭔가 좀 이상하다고 고개를 갸우뚱거렸다.

하기노 할머니한테서 돌풍이 끝물을 위해 빨간 셔츠와 담판을 지었다는 말을 들었을 때는 나도 모르게 감탄하며 손뼉을 쳤다. 그렇다면 돌풍이 나쁜 놈이 아니라 빨간 셔츠가 묘한 놈인 게 틀림없었다. 그런데 빨간 셔츠가 아무 근거도 없이 내 가슴에 돌풍에 대한 의구심을 슬쩍 심어 준 셈이었다.

그러던 차에 하필이면 노제리 강둑에서 마돈나와 산책하는 모습을 보았으니……. 나로서는 빨간 셔츠를 수상쩍은 놈이라고 생각할 수밖에 없었다. 설령 수상쩍은 놈은 아닐지 몰라도 좋은 사내는 아닌 것이 분명했다. 겉과 속이 다른 사내니까.

대나무처럼 곧바르지 않은 인간은 믿음이 가지 않는다. 곧바른 놈하고는 대판 싸움을 하고 나서도 기분이 좋다. 빨간 셔츠처럼 친절하고 상냥하고 고상하고 호박 파이프를 폼나게 물고 다니는 인간하고는 아예 상대도 안 되어서 한판 붙을 수도 없다. 어쩌다 한판 붙는다 한들 어릴 적에 스모(일본의 전통적인 씨름.—옮긴이)를 하듯이 기분 좋게 싸우지는 못할 터이다.

그렇다면 1전 5리 때문에 교무실을 떠들썩하게 만들었던 돌풍 쪽이 훨씬 더 인간적이다. 지난번 회의 때 금붕어 같은 눈알을 데굴데굴 굴리며 나를 쩨려보았을 때는 정말로 꼴 보기 싫은 놈이라 생각했지만, 나중에 찬찬히 생각해 보니 빨간 셔츠의 착착 달라붙는 고양이 목소리보다는 백배 더 나았다. 사실 그 회의가 끝난 다음에 화해라도 해 볼 양으로 한두 마디 던져 보았으나, 콧방귀도 끼지 않은 채 두 눈만 부라렸다. 그래서 나도 그만 화가 나 여태껏 그냥 내버려 두었다.

그 이후로 돌풍은 내게 말도 안 붙였다. 1전 5리는 아직도 책상 위에 그대로 놓여 있었다. 먼지를 뒤집어쓴 채……. 나도 손을 대지 않았고, 돌풍도 가질 뜻이 없어 보였다. 그 1전 5리가 우리 사이에 벽처럼 가로막고 서 있어서 말을 걸 수조차 없었다. 돌풍도 뚱하니 말이 없었다. 그 1전 5리가 나와 돌풍에게는 저주나 다름없었다. 이제는 책상 위의 1전 5리를 보는 것이 고통스러울 지경이었다.

이렇게 돌풍하고는 완전히 절교 상태로 지내는 데 반해, 빨간 셔츠와는 여전히 관계를 유지했다. 심지어 노제리 강둑에서 만난 다음 날에는 출근하자마자 내 곁으로 다가와 일부러 말을 걸었다.

"이번 하숙집은 좀 어떤가? 다음에 또 러시아 문학을 낚으러 가지 않을 텐가?"

공연히 친한 척을 하며 너스레를 떨었다. 나는 하는 짓이 조금 밉상스러워서 짐짓 빈정거렸다.

"우리, 어젯밤에 두 번이나 만나지 않았나요?"

"그럼, 그랬지. 기차역에서 만나지 않았나? 자네는 늘 그 무렵에 온천에 가는 모양인데, 너무 늦은 시각 아닌가?"

"노제리 강둑에서도 만났잖아요?"

나는 계속 물고 늘어졌다.

"아니, 난 그쪽으로는 가지 않았어. 목욕하고 금방 집으로 돌아갔는데, 뭐."

빨간 셔츠는 뒷말을 흐렸다. 왜 숨기고 그래? 실제로 봤는데……. 거짓말도 참 잘하는 사내다. 이런 정신으로 중학교 교감을 할 수 있다면, 난 차라리 대학 총장감이다.

이때부터 나는 빨간 셔츠를 믿지 않기로 했다. 그런데 신뢰하지 않는 빨간 셔츠하고는 계속해서 대화를 나누고, 내심 감탄해 마지않고 있는 돌풍하고는 한마디도 나누지 않고 지냈다. 인간 세상이란 참으로 묘했다.

그러던 어느 날의 일이었다. 빨간 셔츠가 잠깐 할 이야기가 있으니 집으로 좀 와 달라고 했다. 별수 없이 온천을 포기하고 4시경에 빨간 셔츠의 집으로 찾아갔다. 비록 빨간 셔츠는 독신이지만, 교감씩이나 되다 보니까 일찌감치 하숙을 졸업하고 멋들어진 현관이 달린 집에서 살고 있었다. 집세가 무려 9엔 50전이라고 했다. 시골이라 그런지 9엔 50전만 내면 이렇게 호화로운 집에서 살 수 있는 모양이었다. 나도 큰맘 먹고 도쿄에서 키요를 불러와 기쁘게 해 주고 싶을 만큼 멋들어진 현관이었다.

"계시오!"

나는 현관 앞에 서서 큰 소리로 주인을 불렀다. 그러자 빨간 셔츠의 동생이 곧장 달려 나왔다. 빨간 셔츠의 동생은 학교에서 나한테 수학을 배우고 있었다. 얼마 전에 다른 학교에서 전학 왔는데, 여기 토박이들보다 더 골 때리는 녀석이었다.

나는 녀석을 따라 집 안으로 들어갔다. 빨간 셔츠에게 대뜸 나를 부른 용건이 무엇이냐고 물었더니, 호박 파이프로 연방 연기를 뿜어내며 이렇게 말했다.

"자네가 온 뒤로 학생들 성적이 좋아져서 교장 선생님이 무척 기뻐하신다네. 학교에서도 크게 기대를 하고 있으니 앞으로 더 열심히 해 주게."

"아, 그렇습니까? 하지만 지금보다 더 열심히 연구를 할 수는 없는데요."

"지금 정도면 충분해. 다만, 미리 말해 두는데 나를 잊지만 않으면 되는 거야."

"하숙집 같은 거 소개해 주는 사람은 위험하다는 뜻인가요?"

"그렇게 노골적으로 말해 버리면 지금껏 한 말이 별 의미가 없어지잖나? 하긴 뭐 어때? 말뜻은 잘 알아듣는 것 같으니까. 그래서 하는 말인데, 자네가 지금처럼만 열심히 해 준다면 학교에서도 관심 있게 지켜보고 있으니까 대우도 더 좋아지지 않을까 싶어. 조금만 융통성을 부려 준다면 말이지."

"와, 월급 말씀이로군요? 월급이야 아무래도 좋지만, 이왕이면 많이 받는 게 좋긴 하지요."

"다행히 전근 가는 사람이 생겨서 말이야. 물론 이 건은 교장 선생님하고 의논해 봐야 되겠지만……. 아무튼 이참에 월급이 조금 오를 수도 있을 것 같네. 교장 선생님께 그런 방향으로 이야기를 잘해 볼 생각이네."

"감사합니다. 그런데 누가 전근을 가는데요?"

"곧 발표가 날 거니까 미리 말해도 괜찮겠지? 사실은 고가 선생이 전근을 가기로 했어."

"고가 선생은 이 지역 사람이잖아요?"

"여기 사람이긴 하지만, 사정이 좀 있어서⋯⋯. 거지반은 본인의 희망이라네."

"어디로 갑니까?"

"휴가의 노베오카라고, 지역이 지역이니만큼 1호봉이 더 오르게 되었어."

"대신에 누가 오는데요?"

"그것도 거의 정해졌지. 새로 부임하는 교사 때문에 자네 월급을 조금 올릴 수 있게 되었으니까."

"와, 그거 좋은 일이네요. 그렇지만 무리해서 올리실 필요는 없습니다."

"아무튼 나는 교장 선생님께 그렇게 말씀드릴 생각이야. 교장 선생님도 내 생각하고 별다를 바 없겠지만, 혹시라도 자네가 좀 더 노력해야 할 일이 생길지도 모르니까. 어쨌든 그렇게 알고 있는 것이 좋겠네."

"지금보다 수업 시간이 많아집니까?"

"아니, 수업 시간은 오히려 더 줄어들지도 몰라."

"수업 시간은 줄어드는데 일을 더 해야 할 수도 있다니⋯⋯. 좀 묘한 말씀이네요."

"좀 묘하게 들릴지도 모르겠으나, 지금 단계에서는 명확하게 뭐라 말하기가 어렵네. 어쨌거나 자네가 지금보다 더 중대한 책임을 져야 할지도 모른다는 말이지."

도대체 무슨 말인지 모르겠다. 지금보다 중대한 책임이라고 한다면 수학 부장일 텐데…… 수학 부장은 돌풍이 아닌가. 돌풍은 절대로 물러나지 않을 것이다. 게다가 학생들에게 인기도 높으니까, 전근이나 퇴직 같은 건 학교로서도 선택하기 힘든 일일 수밖에 없었다.

늘 그렇듯 빨간 셔츠의 말은 알아듣기가 힘들었다. 전부 다 이해하지는 못했지만 볼일은 그것으로 끝이 났다. 그 후에 잠시 잡담을 나누다가 끝물의 송별회가 있다는 얘기를 들었다. 빨간 셔츠는 나더러 술을 좀 마시느냐고 묻더니, 끝물은 군자에다 아주 좋은 사람이라고 덧붙였다.

그러다 마지막으로 나한테 하이쿠(5·7·5의 3구 17자로 된 일본 특유의 짧은 시.—옮긴이)를 지을 수 있느냐고 물었다. 나는 화들짝 놀라면서 하이쿠 같은 거하고는 인연이 아주 멀다며 손사래를 쳤다.

"안녕히 계십시오."

나는 이 말을 남기고 황급히 물러났다. 하이쿠는 바쇼(하이쿠의 대가로 알려진 마쓰오 바쇼를 일컫는다.—옮긴이)나 이발소 주인 같은 사람들이나 읊는 거다. 수학 선생이 나팔꽃에 두레박이 어쩌고저쩌고 하면서 노래를 부를 수야 없지 않은가.

집으로 돌아와서 한참 동안 곰곰이 생각해 보았다. 세상에는 사람을 엄청 헷갈리게 만드는 사내도 있다. 사는 집이 있고 직장인 학교가 있는 고향이 싫다고 다른 곳으로 떠난다니……. 고생을 사서 하겠다는 말인가. 그것도 전차가 지나다니는 화려한 도시라면 모를까, 휴가의 노베오카라니……. 나는 배편이 많은 이곳에 와서도 한 달이 채 안 돼 고향으로 돌아가고 싶어졌다. 노베오카라면 깡촌 중에서도 깡촌이 아닌가.

빨간 셔츠의 말로는 배를 타고 가서도 하루 내내 마차를 타고 미야자키까지 가야 하는 데다, 거기서 또 하루 종일 차를 타야 겨우 도착할 수 있다고 했다. 이름만 들어도 두메산골이 분명했다. 마치 원숭이와 인간이 절반씩 나눠 사는 곳인 것 같았다. 아무리 성인이나 다름없는 끝물이라고 하지만, 원숭이랑 손을 잡고 즐겁게 지낼 수는 없을 텐데……. 정말이지 희한한 인간이 아닐 수 없다.

바로 그때 할머니가 저녁상을 들고 왔다. 나는 대뜸 오늘도 고구마냐고 물었다.

"아니라오, 오늘은 두부랍니다."

고구마나 두부나.

"할머니, 고가 선생이 휴가로 간다고 하네요."

"정말 안됐어."

"안됐다니요? 자기가 원해서 가는 걸 뭐 어쩌겠어요?"

"원해서 간다니? 누가 그런 말을 해요?"

"누구라니요? 당사자가 그랬겠지요. 고가 선생이 원해서 가는 게 아닌가요?"

"어휴, 선생님! 그거 말도 안 되는 소리예요."

"말도 안 돼요? 방금 빨간 셔츠가 그러던데요. 이게 말도 안 되는 소리라면 빨간 셔츠는 정말 개똥 같은 거짓말쟁이로군요."

"교감 선생님이 그렇게 말하는 것도 어쩌면 당연한 일이겠지만, 고가 선생님이 가고 싶어 하지 않는 것도 당연한 일이라오."

"그렇다면 양쪽 다 그럴듯하단 말이네요. 할머니는 공평해서 좋네요. 도대체 어떻게 된 일이죠?"

"오늘 아침에 고가 선생님 어머니가 오셔서 차근차근 사연을 이야기해 주었거든요."

"무슨 사연인데요?"

"그 집 아버님이 세상을 떠난 뒤로 형편이 많이 어려웠나 봐요. 그 어머니가 교장 선생님을 찾아가서 월급을 조금 올려 달라고 했다지 뭐예요? 그 학교에 근무한 지 벌써 사 년이나 되기도 했고요."

"아, 그래서요?"

"교장 선생님이 한번 생각해 보겠다고 했대요."

"아, 그런 일이……."

"교장 선생님이 생각해 보겠다고 하니까, 그 어머니도 마음을 놓고 이제나저제나 월급이 오르기만을 기다렸지요. 그런데 얼마 전에 교장 선생님이 고가 선생님을 부르더래요. 교장실로 찾아갔더니, 미안하지만 학교 재정이 좋지 않아서 월급을 올려 줄 수 없다는 거예요. 그러나 노베오카에 빈자리가 있으니 거기로 가면 5엔 정도 더 올려 받을 수 있다고 했나 봐요. 오히려 그게 잘된 일이 아니냐고 하면서…… 자기가 절차를 다 밟아 줄 테니 가기만 하면 된다고 했다는 거예요."

"그건 제안이 아니라 명령이잖아요."

"그러니까요. 고가 선생님은 다른 곳에 가서 월급을 조금 더 받는 것보다는 고향이 좋으니까 계속 여기에 있고 싶다고 말했대요. 집도 여기 있고 어머니도 계시니까요. 그런데 교장 선생님이 이미 결정난 일인 데다 후임 교사까지 정해져서 어쩔 수 없다고 딱 잘라 말했다지 뭐예요."

"사람을 순 바보로 아나? 정말 웃기고 있네. 그럼 고가 선생님은 갈 생각이 없다는 거네요. 어쩐지 이상하다 했지. 고작 5엔을 더 받으려고 그런 깡촌에 가서 원숭이랑 놀고 싶어 할 멍청이가 어디 있으려고."

"지금 고가 선생님이 멍청이라는 건가요?"

"아무렴 어때요? 이건 완전 빨간 셔츠의 계략이네요. 아주 악랄한 보복이라고요. 거의 사기 수준이네요. 그걸로 내 월급을 올려 주겠다니, 말도 안 되는 소리! 올려 준다고 한들 누가 받기는 한대?"

"선생님 월급이 오르는가요?"

"빨간 셔츠가 올려 주겠다고 했습니다만 거절할 생각이에요."

"왜 거절해요?"

"어쨌든 거절할 겁니다. 할머니, 그 빨간 셔츠 멍청이네요. 비겁하기도 하고."

"비겁하고 뭐고 월급을 올려 주겠다고 하면 얌전히 받는 게 득이라오. 아직 젊으니까 그렇게 화도 내고 그러지만, 나이 들어서 다시 생각해 보면 그때 좀 참을걸, 싶어진다니까요. 괜히 화내서 손해만 봤다고 후회하게 돼요. 이 늙은이 말 듣고 월급 올려주겠다고 할 때 고맙게 받도록 해요."

"연세도 있으신 분이 남의 일에 일일이 감 놔라 배 놔라 하지 마세요. 월급이 오르건 내리건 내 일인데요, 뭐."

할머니는 곧 말없이 물러났다. 할아버지가 세상 편한 목소리로 노래를 불러 댔다. 그냥 글을 읽으면 될 걸 괜히 쓸데없이 저런 노래를 부르면서 꺾고 접고 배배 꼬아서 알아듣지 못하게 하는 것이지 싶었다. 저런 걸 매일 밤 지겨운 줄 모르고 읊어 대는 할아버지의 속내를 도무지 모르겠다. 그런데 난 지금 노래나 불평할 때가 아니다.

빨간 셔츠가 굳이 월급을 올려 준다고 하니까, 딱히 원한 건 아니라 해도 내칠 필요까지는 없다고 생각했는데……. 물러날 뜻이 없는 사람을 억지로 쫓아내고, 그 사람한테 줄 월급의 일부를 내게 준다고 하니 도저히 받아들일 수가 없다. 이렇게 몰염치한 짓거리는 절대로 할 수가 없고말고. 흥, 당사자가 그냥 있겠다고 하는데도 노베오카 산골로 유배를 보낸다고? 도대체 무슨 생각인지…….

반역죄로 몰린 스가와라 미치자네(845~903, 정적인 후지와라 도키히라의 중상모략으로, 스가와라가 반역을 모의했다고 오해한 천황이 그를 규슈의 관리로 임명해 수도에서 내쫓았다.—옮긴이)도 규슈의 하카다 부근에 머물렀고, 살인죄를 저지른 가와이 마타고로(1611~1634, 동료인 와타나베 겐다유를 죽이고 도망 다니다가 사가라에서 그의 형 와타나베 가즈마에게 죽임을 당했다.—옮긴이)도 사가라에 머물지 않았던가. 아무튼 빨간 셔츠를 만나 미리 거절해 두지 않으면 내내 마음이 편치 않을 듯했다.

나는 서둘러 옷을 갈아입고 하숙집을 나섰다. 커다란 현관 앞에서 사람을 부르자, 또 그 동생이라는 놈이 나왔다. 그 녀석 역시 내 얼굴을 보더니, 금세 또 왔느냐는 듯한 표정을 지었다. 쳇, 볼일이 있으면 두 번 아니라 세 번이라도 올 수 있는 거지. 밤이면 밤마다 두드려 깨우지 말란 법도 없는 것 아닌가. 교감한테 아부나 하려고 찾아오는 놈으로 보지 말란 말이야. 이래 봬도 월급 올려 준다는 거 거절하러 온 사람이니까.

그런데 그 동생이 대뜸 이렇게 말했다.

"지금 손님을 만나고 있는데요."

"그럼 현관에서 얼굴만 잠깐 볼게. 그렇게 전해 줘."

그러고 나서 발아래를 내려다보니, 다다미를 얇게 깐 남자 게다(일본 사람들이 신는 나막신.—옮긴이)가 보였다. 그때 안에서 '만사형통'이라는 말이 들려왔다. 나는 손님이 알랑쇠라는 걸 단박에 알아차렸다. 알랑쇠가 아니고선 저런 천박한 목소리를 낼 사람이 없었다. 게다가 연예인처럼 이런 신발을 신지도 않을 테고.

잠시 후 빨간 셔츠가 등불을 들고 현관으로 나와서 잠시 안으로 들어오라고 했다.

"마침 잘 왔군. 안 그래도 안에 요시가와 선생이 와 있네."

나는 여기서 잠깐만 이야기하면 된다고 말하며 한사코 안으로 들어가지 않으려 했다. 빨간 셔츠의 얼굴을 살펴보니, 이건 뭐 완전 불그스름한 고구마 저리 가라였다. 아무래도 알랑쇠 놈이랑 한잔한 모양이었다.

"아까 제 월급을 올려 주겠다고 하셨는데, 생각이 조금 바뀌어서 거절하러 왔습니다."

빨간 셔츠는 너무 갑작스런 말에 당황했는지, 등불을 앞으로 내밀어 내 얼굴을 비춰 보았다. 그러고는 한참 동안 아무 대답을 하지 못하고 멍하니 서 있었다. 세상에 월급 올려 준다는 걸 거절하는 놈이 있다는 사실이 믿기지 않는 것인지, 아니면 방금 돌아갔다가 이렇게 금방 다시 찾아와 거절하는 것이 너무도 어이없게 느껴지는 것인지⋯⋯. 그것도 아니면 그 둘 다인가? 아무튼 입을 비죽 내민 채 뻣뻣하게 서 있었다.

"그때 제가 그 제안을 받아들인 것은 고가 선생이 스스로 원해서 전근을 간다는 이야기였기 때문인데⋯⋯."

"고가 선생은 스스로 원해서 가는 게 맞네."

"아니요, 여기에 계속 있고 싶어 한다고요. 그깟 월급 몇 푼 올려 주지 않아도 좋으니 고향에 그대로 있고 싶어 한답니다."

"고가 선생한테 직접 들었나?"

"본인에게 들은 건 아니지만⋯⋯."

"그럼 누구한테 들었지?"

"하숙집 할머니가 고가 선생 어머니한테 직접 들은 이야기를 전해 들었습니다."

"그러니까 하숙집 할머니한테 들었다는 거네?"

"그런 셈이지요."

"미안하지만 그건 사실과 좀 달라. 자네 말을 듣자 하니, 하숙집 할머니 이야기는 믿을 만하지만, 교감인 내 이야기는 믿지 못하겠다는 것 같은데⋯⋯. 그런 의미로 받아들여도 괜찮겠나?"

이건 좀 곤란하다. 그것참, 문학을 전공한 사람이라 대단하긴 하다. 애매한 부분을 콕 집어서 조리 있게 밀어붙이다니. 예전에 아버지가 자주 나한테 성질이 급해서 안 된다는 말을 했는데,

곰곰 생각해 보니 과연 조금 경솔했던 것 같다.

할머니 이야기를 듣고 열받아서 무작정 달려오긴 했지만, 사실 끝물이나 그 어머니를 만나 자세한 사정을 물어보지 않은 건 분명했다. 그러다 보니 문학가의 정교한 논리에 휘말려 금방 곤란한 상황에 빠져 버리고 말았다.

성급한 성미 탓에 곤란한 입장에 빠진 것은 맞지만, 나는 이미 빨간 셔츠를 믿지 않기로 마음먹었다. 비록 하숙집 할머니가 인색한 데다 욕심쟁이기는 하지만, 거짓말을 할 사람은 아니었다. 더구나 빨간 셔츠처럼 겉과 속이 다른 사람도 절대 아니었다.

나는 어쩔 수 없어 이렇게 말했다.

"교감 선생님 말씀이 옳을지도 모르지요. 아무튼 제 월급을 올리는 건 거절합니다."

"그거 정말 이상하잖은가? 지금 자네가 일부러 여기까지 찾아와서 월급을 올리지 말아 달라고 하는 것은 그럴 만한 이유를 찾았다는 뜻으로 들리는데……. 내 설명으로 그 이유가 옳지 않다는 것이 판명되었는데도 굳이 거절한다는 말인가? 그건 좀 이해하기가 힘들구먼."

"이해하기 힘드실지도 모르겠지만, 어쨌든 저는 월급 인상을 거절하겠습니다."

"그리 싫다면 억지로 월급을 올려 받으라는 말은 하지 않겠네. 하지만 특별한 이유도 없이 두세 시간 만에 마음이 홱홱 바뀐다는 것은 앞으로 자네의 신용에 좋지 않은 영향을 미칠 수 있어."

"그래도 괜찮습니다."

"괜찮지 않을 텐데……. 교사에게 신용은 매우 소중한 것이니까. 설령 한발 물러나서 하숙집 주인이……."

"주인이 아니라 할머니입니다."

"어느 쪽이든 상관없어. 하숙집 할머니가 자네한테 한 말이 사실이라고 해도 자네 월급은 고가 선생의 월급을 깎아서 주는 게 아니지 않은가? 고가 선생은 노베오카로 전근을 간다네. 후임으로 다른 선생이 우리 학교에 오게 되어 있고. 새로 오는 선생의 월급이 고가 선생보다 조금 낮아. 그래서 그 차액을 자네한테 얹어 주려 한 거니까, 자네는 그 누구에게도 미안해할 필요가 없네. 고가 선생은 노베오카로 가서 승진을 할 거고, 새로 오는 선생은 계약서에 따라 고가 선생보다 월급을 적게 받는 거지. 어찌 됐든 이참에 자네 월급이 조금이라도 오르면 좋은 일이잖은가? 정 싫다면 그만이지만 다시 한 번 잘 생각해 보게."

나는 머리가 그리 좋은 편이 아니라서, 만약 평소대로라면 상대가 이렇듯 논리정연하게 자신의 의견을 피력하면 금세 수긍을 하는 편이었다.

"아, 그렇습니까? 제가 잘못 생각한 모양이네요."

하면서 머리를 조아리고 돌아가는 것이 보통 때의 모습이었다. 그런데 이상하게도 오늘 밤만은 그러고 싶지가 않았다. 처음 이

곳에 올 때부터 어쩐지 빨간 셔츠가 마음에 들지 않았다. 친절한 여자 같다는 생각을 한 적도 있었지만, 가만히 생각해 보면 그건 친절도 뭣도 아니었다.

그에 대한 반작용 때문인지 지금은 이 사람이 너무너무 싫었다. 그래서 상대가 제아무리 논리정연하게 설명을 해도, 또 교감 특유의 당당한 태도로 나를 몰아세워도 전혀 설득이 되지 않았다. 그런 건 아무래도 좋았다. 말을 잘한다고 해서 반드시 좋은 사람이라는 법은 없지 않은가. 그러니까 궁지에 몰렸다고 해서 꼭 나쁜 사람도 아닌 것이다. 겉으로 보기에는 빨간 셔츠가 누구보다 훌륭한 것 같지만, 겉이 그럴듯하다고 해서 속까지 감복할 수는 없다.

돈이나 권력이나 논리로 인간의 마음을 살 수 있다면 고리대금업자나 순경이나 대학 교수가 사람의 마음을 가장 잘 움직일 수 있어야 한다. 중학교 교감 정도의 논법으로 내 마음을 움직일 수 있을 것 같아? 인간은 좋고 나쁨에 따라 움직이는 거야. 어쭙잖은 논리로 사람의 마음이 움직이는 게 아니라고.

"교감 선생님 말씀이야 지당하지만, 저는 월급을 올려 받기 싫으니까 거절합니다. 시간이 더 흐른다고 해서 생각이 변하지는 않을 겁니다. 안녕히 계세요."

나는 이렇게 말하고 현관문을 나섰다. 머리 위에서 은하수가 부옇게 한 줄기 흐르고 있었다.

제 9 장

# 끝물의 송별회

끝물의 송별회가 있는 날 아침이었다. 막 출근을 해서 자리에 앉으려는데, 돌풍이 갑자기 고개를 수그리며 사과를 하는 게 아닌가.

"저, 얼마 전에 이카긴이 찾아와서 자네가 하도 난폭하게 굴어서 곤란하다며 쫓아내 달라고 하길래, 그걸 곧이곧대로 믿고 나가 달라고 했지 뭔가? 그런데 나중에 알고 보니, 도리어 그쪽이 나쁜 년이었어. 가짜 그림에 가짜 낙관을 찍어서 팔아넘기는 걸로 봐서, 자네에 대한 얘기도 거짓말이 분명하겠지. 자네한테 벽걸이니 골동품이니 하는 걸 팔아서 장사라도 좀 할까 했는데, 워낙에 눈도 깜빡하지 않으니까 그런 거짓부렁을 지어낸 모양이야. 나는 그것도 모르고 자네한테 큰 실례를 범하고 말았지 뭐야? 정말 미안해."

나는 아무 말도 하지 않고 돌풍의 책상 위에 놓인 1전 5리를 집어서 내 지갑에 넣었다.

"그런데 동전은 왜 집어넣어?"

돌풍이 이상하다는 듯이 고개를 갸웃거리며 물었다.

"지난번에 선생님한테 얻어먹은 게 마음에 걸려서 돈을 돌려주려고 했는데, 그 뒤로 이런저런 생각을 해 보니 얻어먹는 것도 나쁘지 않겠다는 생각이 들어서요."

돌풍은 큰 소리로 아하하하, 하고 웃음을 터뜨렸다.

"그렇다면 빨리 가져가지, 왜 그리 오래 둔 건데?"

"사실은 진작에 가져가려고 했는데, 왠지 어색해서 그냥 내버려 두었어요. 그런데 요즘은 출근할 때마다 1전 5리를 보는 것이 불편해서 견디기 힘들더라고요."

"참 지기 싫어하는 성격이야."

"선생님도 만만찮게 고집이 세잖아요."

그 뒤로 나는 돌풍과 이런저런 대화를 나누었다.

"선생님은 어디 출신이에요?"

"나? 도쿄 토박이지."

"흠, 도쿄 인간이란 말이지요? 어쩐지 지지 않으려고 그토록 애를 쓰더니만."

"고향은 어딘데요?"

"아이즈."

"아, 아이즈? 어쩐지 고집이 무진장 세더라니. 참, 오늘 송별회에 갈 거죠?"

"가고말고, 자네는?"

"물론 가야죠. 고가 선생님이 떠나는 날은 항구까지 배웅할 생각인걸요."

"송별회, 그거 재미있거든. 꼭 같이 가자고. 오늘은 마음껏 마실 생각이니까."

"좋으실 대로요. 난 안주만 먹고 바로 돌아갈 거예요. 바보나 술을 진창 마시지, 뭐."

"자네는 뭐든 싸움부터 하려 드네. 과연 경박한 도쿄 인간다워."

"아무렴 어때요? 그건 그렇고, 송별회 가기 전에 우리 하숙집에 잠깐 들러 줄래요? 할 이야기가 있어요."


돌풍은 약속대로 하숙집에 나타났다. 나는 얼마 전부터 끝물의 얼굴을 볼 때마다 가슴이 찌르르 아팠다. 가능하다면 내가 대신 전근이라도 가고 싶은 심정이었다. 그런 마음을 담아 송별회 자리에서 멋들어지게 연설을 하며 축복해 주고 싶지만, 내 말솜씨로는 도저히 꿈도 꿀 수 없는 일인 것 같았다. 그래서 목소리 큰 돌풍을 내세워 빨간 셔츠의 간담을 서늘하게 해 주고 싶어서 일부러 하숙집으로 부른 참이었다.

나는 먼저 마돈나 얘기를 꺼냈는데, 이미 돌풍도 그 여자 이야기를 잘 알고 있었다. 나는 노제리 강둑에서 보았던 일을 털어놓았다.

"개자식!"

그러고는 나도 모르게 욕을 내뱉었다.

"자네는 아무한테나 그런 식으로 말하지? 오늘 학교에서는 나한테 멍청이라 하더니……. 그런데 나는 멍청이일지 몰라도, 빨간 셔츠는 절대로 멍청이가 아니야. 아무튼 나는 빨간 셔츠와 같은 부류는 절대로 아니라네."

"그럼 빨간 셔츠는 얼빠진 놈이고 개자식이에요."

"그건 그럴지도 모르겠네."

돌풍은 손뼉을 치며 맞장구를 쳤다. 돌풍은 강하고 거칠기는 하지만, 이런 말에 관해서는 나보다 한 수 아래였다. 아이즈 인간은 다들 이런 건가?

"글쎄, 교감이 내 월급을 올려 주겠대요. 또 중요한 일을 책임지게 하겠다나?"

나는 빨간 셔츠가 한 말을 그대로 전했다. 돌풍은 '흐흥!' 하고 콧소리를 내고는 이렇게 말했다.

"나를 자를 생각이군."

"자르다니? 학교를 그만둘 생각이에요?"

"누가 그만둔대? 내가 잘릴 것 같으면 빨간 셔츠도 잘라 버려야지."

돌풍은 목소리에 힘을 빡 주어 말했다.

"같이 그만둘 방도라도 있어요?"

"거기까지는 아직 생각해 보지 않았어."

돌풍은 언뜻 강한 듯하지만, 그다지 지혜로운 것 같지는 않았다. 내가 월급 인상을 거부했다고 말하자 기쁨을 감추지 못하며 칭찬을 해 주었다.

"과연 도쿄 토박이답군!"

"끝물은 그렇게 전근 가기가 싫다면서 왜 항의를 하지 않는 거예요?"

"끝물한테 이야기를 전해 들었을 때는 이미 모든 게 결정난 뒤였어. 교장한테 두 번이나 찾아가고, 빨간 셔츠에게도 가서 담판을 지어 보려 했지만 손쓸 방도가 없었지. 고가 선생은 사람이 너무 좋아서 탈이야. 빨간 셔츠가 뭔가를 제안했을 때 단호하게 거절을 하든지, 그게 아니면 한번 생각해 보겠노라고 하면서 어물쩍 넘겼으면 좋았을 것을……. 그 매끄러운 말솜씨에 넘어가 그 자리에서 승낙해 버렸으니, 나중에 어머니가 울며불며 매달려 본들 무슨 소용이 있겠느냐고. 내가 교장과 교감을 찾아가 봤지만 너무 늦어서 별수가 없었어."

돌풍은 한껏 애석해하는 표정을 지었다.

"이번 사건은 빨간 셔츠가 끝물을 멀리로 내친 다음, 마돈나를 차지하려는 속셈에서 나온 것이에요."

"물론 그렇지. 그놈은 아주 얌전한 얼굴로 나쁜 일을 꾸며 놓고선, 사람들이 무슨 말을 하면 도망칠 구멍을 마련해 두니……. 한마디로 간신배 같은 놈이야. 그런 놈에게는 주먹이 특효약인데……."

그러고는 알통이 울퉁불퉁 튀어나온 팔을 앞으로 스윽 내밀었다.

"팔뚝을 보니 유도라도 한 모양이네요."

나는 돌풍에게 은근슬쩍 물어보았다. 그러자 두 팔에 힘을 잔뜩 넣어 알통을 세우고는 한번 찔러 보라고 하지 않는가. 그래서 손가락으로 꾹 눌러 보았더니, 온천 바닥을 굴러다니는 조약돌처럼 단단했다. 나는 놀라움을 감추지 못하고 감탄을 쏟아 냈다.

"와, 이 정도 팔뚝이라면 빨간 셔츠 같은 건 대여섯 명이 몰려와도 한 방에 날려 버릴 수 있겠는데요?"

"당연하지."

돌풍은 으쓱한 표정을 지으며, 팔을 펴기도 하고 굽히기도 해 보였다. 알통이 피부 안쪽에서 이리저리 굴러다녔다. 그걸 보고 있노라니 괜히 기분이 좋아졌다.

"근육 위에 종이끈을 두 줄로 감은 뒤 힘을 빡 주면 단박에 툭 끊어져 버린다니까."

"종이끈 정도는 나도 할 수 있어요."

"잘 안 될걸. 자신 있으면 어디 한번 해 봐."

나는 실제로 해 봤다가 실패하면 몹시 창피할 것 같아서 지레 그만두었다.

"이렇게 하면 어때요? 오늘 밤에 술을 진탕 마신 다음에 빨간 셔츠와 알랑쇠를 실컷 두들겨 패는 거예요."

나는 거지반 농담으로 이렇게 슬쩍 물어보았다. 돌풍은 웬일 인지 내키지 않는 듯한 표정을 지었다.

"글쎄, 오늘 밤은 그러지 말자고. 고가 선생한테 미안하잖아. 그놈들을 두들겨 패 주려면 먼저 나쁜 짓을 벌이는 현장을 잡아야 해. 그렇지 않으면 도리어 우리가 불리한 상황에 처할 수도 있으니까."

돌풍이 모처럼 만에 아주 분별력 있는 말을 했다. 어쩌면 돌풍 같은 인간도 나보다는 생각이 깊을지도 모르겠다.

"그럼 말이라도 멋들어지게 해서 고가 선생을 격려해 줘요. 난 도쿄 토박이라 너무 가벼워서 뭘 하든 무게감이 없어서⋯⋯. 그리고 결정적으로 난 사람들이 많이 모인 자리에 가면 갑자기 목에 구슬 같은 것이 걸린 것처럼 말이 잘 새어 나오지 않아요. 그러니까 선생님이 해 줘요."

"그것참, 묘한 병이네. 그러니까 자네는 사람들 앞에서 말을 잘 못한다는 거잖아. 그것참, 곤란한 병이군.”

“뭐 그렇게까지 곤란하지는 않아요.”

나는 괜히 멋쩍어져서 어물거렸다.

그러는 사이에 시간이 휘리릭 지나가 버렸다. 우리는 송별회 장소로 갔다. 송별회는 ‘가신테이’라고 하는, 이 지역에서 제일 좋은 요릿집에서 열린다고 했다. 나는 아직 한 번도 가 본 적이 없었다. 옛날 영주의 직속 신하가 살던 집을 사들여 개업을 했다고 하는데, 과연 언뜻 보기에도 대단한 집이었다. 고위 무사의 저택이 요릿집으로 바뀌다니, 전투복을 고쳐서 내의로 만들어 버린 것이나 다름없었다.

우리가 도착했을 때는 스물다섯 평쯤 되는 대연회장에 사람들이 두세 명씩 자리를 잡고 앉아 있었다. 다다미가 드넓게 깔린 아주 멋지고 큰 연회장이었다. 내가 잠시 머물렀던 야마시로야의 여덟 평짜리 방하고는 비교조차 할 수 없었다. 폭만 해도 자그마치 칠 미터는 됨직했다. 다다미 쉰 장 크기의 도코노마(방 안의 한쪽 면에 공간을 마련한 뒤, 인형이나 꽃꽂이로 장식을 하거나 붓글씨를 걸어 놓는 곳.―옮긴이)도 매우 컸다.

오른쪽에 빨간 무늬가 있는 세토 도자기 항아리가 놓여 있었고, 그 안에 커다란 소나무 가지가 꽂혀 있었다. 소나무 가지를 꽂아서 뭘 하려는지 모르겠지만, 몇 달씩 꽂아 두어도 시들지 않을 테니 돈이 들지는 않을 듯했다.

"저런 세토 도자기는 어디서 만드는 거예요?"

나는 지리 선생한테 슬며시 물었다.

"저건 세토 도자기가 아니라 이마리(사가 현 이마리 시에서 만들어지는 아리타 도자기.—옮긴이)라고 해요."

"이마리도 세토 도자기가 아닌가요?"

지리 선생은 내 말을 듣고 에헤헤헤, 하고 웃었다. 나중에 물어보니, 세토에서 나는 도자기는 '세토'라 하고, 이마리에서 나는 건 '이마리'라 부른단다.

나는 도쿄 토박이라서 도자기를 모두 세토 도자기라 부르는 줄 알고 있었다. 도코노마 한가운데에 커다란 걸개가 걸려 있었는데, 내 얼굴만 한 크기로 스물여덟 글자가 적혀 있었다. 아무리 봐도 엉망으로 쓴 글씨였다. 너무 못 썼다는 생각이 들어서 한문 선생한테 넌지시 물어보았다.

"왜 저런 말도 안 되는 글씨를 잘난 듯이 걸어 두고 있는 걸까요?"

"저래 봬도 가이오쿠(1788~1863, 에도 시대 후기의 유학자이자 서화가. 중국풍 서체의 서예가로 유명하다.—옮긴이)라는 유명한 서예가가 쓴 거예요."

가이오쿠가 누군지는 모르겠지만, 그 말을 듣고 나서도 내 눈에는 엉망으로 쓴 낙서처럼 보이기만 했다.

이윽고 서기 가와무라가 이제 다들 자리에 앉아 달라고 말했다. 나는 등을 기대기 좋도록 기둥 앞자리를 골라 앉았다. 그런데 빨간 셔츠가 두루마기 차림으로 내 옆에 턱 앉는 게 아닌가. 하필이면 오른쪽에는 오늘의 주인공인 끝물이 앉아 있었다. 날이 날이니만큼 이 사람도 두루마기 정장 차림이었다.

나는 양복 차림이라 점잔을 빼기도 뭐하고 해서 아무렇게나 퍼질러 앉았다. 그 옆의 체육 선생은 검은 바지를 입었는데, 등을 쫙 펴서 바른 자세로 앉아 있었다. 체육 선생답게 수련이 아주 잘되어 있었다.

이윽고 식사가 나오기 시작했다. 탁자 위에 술병이 죽 늘어섰다. 간사가 일어서서 송별회 개회사를 했다. 그다음에는 너구리가 일어섰다. 또 그다음에는 빨간 셔츠가 일어났다. 줄줄이 송별사를 읊어 대는데, 하나같이 끝물의 훌륭한 인격과 교육자다운 면모를 강조하고는 이렇게 떠나게 되어 정말로 애석하다는 둥, 학교뿐만 아니라 개인적으로도 큰 아픔이지만 피치 못할 사정으로 전근을 요망하는 바람에 어쩔 수 없이 받아들이게 되었다는 둥, 하면서 마음에도 없는 말을 지껄여 대었다.

그런 거짓말로 송별회를 열고서도 조금도 부끄럽게 생각하지 않는 듯했다. 특히 빨간 셔츠가 세 사람 가운데서 끝물을 가장 많이 칭찬했다. 이렇게 훌륭한 동료와 헤어지게 되어서 자신에게 얼마나 큰 불행인지 모른다나? 게다가 말투는 어찌나 애절한지……. 그 특유의 간드러지는 목소리로 이전보다 더 부드럽게 읊어 대니 처음 듣는 사람이라면 깜빡 속아 넘어갈 듯싶었다. 아마 마돈나도 이런 수법으로 자빠뜨렸겠지?

빨간 셔츠가 송별사를 읊어 대고 있을 때, 건너편에 앉아 있던 돌풍이 내 얼굴을 향해 비스듬히 목을 꺾으며 경멸 어린 눈빛을 보냈다. 나는 답신을 하기 위해, 눈 밑을 검지로 꾹 누른 다음 눈알을 데굴데굴 굴렸다.

이윽고 마치 빨간 셔츠가 자리에 앉기를 기다렸다는 듯이 돌풍이 벌떡 일어났다. 나는 그것을 보고 너무도 기쁜 나머지 박수를 짝짝 치고 말았다. 그 소리에 너구리를 비롯한 여러 선생들이 나를 주목하는 바람에 조금 머쓱해져 버렸다.

돌풍은 이렇게 말했다.

"교장 선생님과 교감 선생님은 고가 선생의 전근을 아주 가슴 아파 한다고 말했지만, 나는 오히려 고가 선생이 하루라도 빨리 이곳을 떠나기를 바랍니다. 노베오카는 깡촌이라 여기에 비해 물질적으로는 불편할 테지만, 들리는 말로는 사람들이 순박하기 이를 데 없다고 하더군요. 교직원과 학생들 모두가 옛날의 순수하고 솔직한 기질을 그대로 간직하고 있다고 하니까요. 마음에도 없는 미사여구를 늘어놓거나 선하디선한 얼굴로 군자를 함정에 빠뜨리는 하이칼라 놈들이 하나도 없는 것 같으니, 고가 선생처럼 순수하고 신의가 두터운 분이라면 분명 그곳에서 모든 사람에게 사랑받을 것이 분명합니다. 그러므로 나는 고가 선생을 위해 진심으로 전근을 축하하는 바입니다. 끝으로 고가 선생이 노베오카로 전근을 가면, 그 지역의 숙녀 가운데서 선생의 배필이 되기에 부족함이 없는 사람을 가려 하루라도 빨리 행복한 가정을 꾸리십시오. 그래서 저 부정하기 짝이 없는 왈가닥을 가슴속에서 깨끗이 지워 버리기를 바랍니다. 어험, 어험!"

돌풍은 헛기침을 크게 두 번 하고는 자리에 앉았다. 나는 이번에도 손뼉을 치려 하다가 사람들이 시선이 쏠릴 것 같아서 그만두었다. 돌풍이 자리에 앉자, 이번에는 끝물이 일어났다. 끝물은 정중한 태도로 연회실 끝자락까지 걸어가서 다소곳이 인사를 했다.

"이번에 개인적인 사정으로 규슈로 가게 되었는데, 이렇게 성대한 송별회 자리를 만들어 주셔서 가슴이 터질 만큼 큰 감동을 받았습니다. 교장 선생님과 교감 선생님, 그리고 여러 선생님들의 송별사를 마음속에 깊이 간직하고 있겠습니다. 비록 저는 이제 먼 곳으로 떠나지만, 앞으로도 변함없이 저를 기억해 주시기를 바랍니다."

끝물은 머리를 몇 번이고 조아렸다. 끝물의 마음이 얼마나 깊고 넓은지 도무지 바닥이 안 보일 지경이었다. 자신을 이렇게나 바보 취급하는 교장과 교감을 향해 공손하게 인사를 하다니! 언뜻 보기에는 의례적인 인사에 지나지 않는 것 같았지만, 그 태도나 어투, 표정으로 보건대 진심으로 고마워하는 것같이 보였다. 이런 성인 같은 사람에게 감사의 인사를 받으면 양심에 찔려 얼굴을 붉어지기도 하련만, 너구리와 빨간 셔츠는 오로지 덤덤한 얼굴로 가만히 듣고 있었다.

인사가 다 끝나자, 여기저기서 쪽, 쪽, 하고 국물 마시는 소리가 났다. 나도 질세라 국물을 마셔 보니, 정말이지 맛대가리가 하나도 없었다. 술안주로 나온 어묵도 만들다 만 건지 거무튀튀해서 젓가락조차 대고 싶지 않았다.

언뜻 보기에 회는 풍성하게 차려진 듯하지만, 너무 두껍게 썰어서 흡사 참치 회를 먹는 것 같았다. 그런데도 옆자리 사람들은 맛있다고 연방 떠들어 대며 우적우적 씹어 먹었다. 아마도 이 사람들은 도쿄의 정식 코스 요리를 한 번도 먹어 본 적이 없을 성싶었다.

그런 가운데 술병이 바쁘게 오가더니, 갑자기 시끌벅적해지기 시작했다. 알랑쇠가 허리를 굽히고 교장 앞으로 나아가 술을 따랐다. 꼴 보기 싫은 놈! 끝물은 술을 권하며 한 바퀴 돌 생각인 듯했다. 정말로 고생이 많다. 끝물이 내 앞으로 와서 한잔하시라며 정중하게 소매를 받치며 권했다. 나는 비록 바지 차림이지만 무릎을 꿇고 정중하게 한 잔을 따랐다.

"이렇게 좋은 인연으로 만났는데 금방 헤어지게 되어 섭섭하네요. 언제 출발하지요? 항구에 나가서 꼭 배웅하고 싶습니다."

"바쁘실 텐데, 그렇게까지 하실 필요 없습니다."

끝물은 한사코 사양을 했다. 끝물이 뭐라고 하든, 나는 학교에 휴가를 내는 한이 있어도 배웅을 나갈 생각이었다.

그 후로 한 시간도 채 안 되어서 분위기가 꽤 어수선해졌다.

"자, 한 잔! 어이, 내가 한잔하라고 하잖아⋯⋯."

이렇게 혀 꼬부라진 소리를 내는 사람이 하나둘 나오기 시작했다. 나는 술자리가 조금 지겹기도 해서 화장실로 갔다. 별빛을 받으며 옛날식 정원을 망연히 바라보는데, 때마침 돌풍이 나타났다.

"아까 연설, 괜찮았지?"

돌풍이 의기양양한 표정으로 물었다.

"좋긴 했지만 딱 한 군데 마음에 안 드는 데가 있었어요."

"어디가 어떻게 마음에 안 들었어?"

"'선한 얼굴로 군자를 함정에 빠뜨리는 하이칼라 놈들이 노베오카에는 없을 테니까.'라고 했잖아요?"

"그랬지."

"하이칼라 놈이란 말로는 부족해서요."

"그럼 뭐라고 해?"

"하이칼라 잡놈, 사기꾼, 협잡꾼, 얍삽한 놈, 약장수, 거지발싸개, 포주 앞잡이, 왕왕 개새끼 같은 놈이라고 해야지요."

"나는 그런 말 잘 못해. 자네는 욕을 참 잘하네. 음, 애당초 아는 단어가 많아. 그런데도 말을 잘 못한다니, 도무지 이해가 안 가네."

"이거야 싸울 때 써먹으려고 만일을 위해 외워 둔 거지요. 연설하는 거하고는 다르지."

"그런가? 그렇지만 너무 줄줄 나오잖아. 다시 한 번 해 봐."

"몇 번인들 못할까? 하이칼로 잡놈, 사기꾼, 개자식……."

그렇게 욕을 쏟아 내기 시작하는데, 우당탕 복도를 울리며 두 사람이 비틀걸음으로 다가왔다.

"어이, 이거 너무하잖아. 술 안 마시고 여기서 뭐 해? 내가 있는 한 절대로 도망 못 쳐. 암, 절대로! 무조건 마시는 거야, 사기꾼? 그거 재밌네. 아주 하이칼라적으로 재미있어. 자, 어여 들어가서 마시자고."

그러면서 돌풍과 나를 마구 끌고 갔다. 둘이서 볼일 보러 와 놓고선 깜빡 잊어버린 모양이었다. 술에 취해 눈앞에 닥친 일에만 신경 쓰다가 정작 급한 일이 뭔지도 잊어버린 것이었다.

"자, 여러분! 사기꾼을 이리로 데리고 왔다우. 자, 마시자고요. 사기꾼들 뽕 가게 술을 따라 봐. 어이, 도망치면 안 돼."

내가 도망치지 못하도록 벽 쪽으로 밀어붙였다. 연회석을 둘러보니 상 위에 안주라고는 생선 꼬랑지 하나도 없었다. 자기 것을 다 먹어치우고 대여섯 자리나 건너뛰어 원정을 가는 인간도 있었다. 교장은 언제 가 버렸는지 보이지 않았다.

"우리, 이 방 맞아?"

그러면서 게이샤 서넛이 들어왔다. 나는 너무 뜬금없는 장면에 놀란 나머지, 벽에 찰싹 달라붙은 채 멍하니 서서 지켜보았다. 그러자 지금까지 마루 기둥에 몸을 기대고 호박 파이프를 물고 있던 빨간 셔츠가 갑자기 일어서서 바깥으로 나갔다.

저편에서 들어온 게이샤 하나가 빨간 셔츠에게 웃으며 슬며시 인사를 건넸다. 그중에서 가장 어린 데다 미인이기까지 했다. 거리가 멀어서 제대로 들리지는 않았지만, 아마도 "안녕하세요?" 정도로 말했던 듯싶다.

빨간 셔츠는 모르는 척하며 후다닥 빠져나가더니 그 후로 다시는 얼굴을 비치지 않았다. 아마도 교장 뒤를 따라 집으로 돌아간 모양이었다.

게이샤가 나타나자 순식간에 분위기가 밝아지더니, 여기저기서 환영한다는 듯 고성을 질러 대는 바람에 시장통처럼 시끌벅적해졌다. 그리고 어떤 자들은 동전으로 짤짤이를 했는데, 그 목소리가 어찌나 큰지 마치 칼춤 연습이라도 하는 것 같았다. 또 어떤 자들은 가위바위보를 했다.

"바위, 보!"

정신없이 두 손을 흔들어 대는데, 이건 마치 영국 인형극의 꼭두각시보다 더 요란스러웠다. 저쪽 구석 자리에서는 술병을 흔들어 대며 연방 이렇게 외쳐 댔다.

"어이, 술! 술 가져와. 술이야, 술!"

이건 도대체가 어수선하고 시끄러워서 견딜 수가 없었다. 그런 가운데 고개를 푹 수그린 채 생각에 잠겨 있는 우리의 끝물. 끝물을 위한 송별회지만, 결코 이별이 아쉬워 마련한 자리가 아니었다. 그걸 핑계로 술을 마시고 놀기 위해서 모인 것이다. 주인공 홀로 하릴없이 괴로워해야 하는 자리인 셈이다. 이런 송별회라면 열지 않는 것이 오히려 나을지도 모르겠다.

잠시 후 하나같이 쉬어터진 목소리로 뭐라고 노래를 불러 대기 시작했다. 내 앞에 앉은 게이샤 하나가 샤미센(일본의 대표적인 현악기.—옮긴이)을 끌어안으며 말했다.

"자기, 노래 안 해요? 노래해 봐요."

"나는 노래 같은 거 안 부르니까, 너나 한 곡 뽑아 봐."

꽹과리 치고 북 치고

투다당탕 징지리리징징

길 잃은 나그네야

이렇게 두드리며 돌아다니다 만날 수 있다면

투다당탕 징지리리징징

이렇게 나도 꽹과리 치고 북 치고 돌아다니다

만나고 싶은 사람이 있다오

게이샤는 여기까지 부르고는 한숨을 폭 내쉬었다.

"아휴, 힘들어."

그럴 거면 쉬운 노래로 부르면 될 것을……. 바로 그때 알랑 쇠가 내 곁으로 다가와 앉더니, 만담을 하는 듯한 말투로 게이 샤를 놀려 댔다.

"스즈짱, 님을 만났나 했더니 바로 나가 버려서 정말 안됐네."

"아이, 몰라요!"

게이샤는 이렇게 말하고는 입을 비죽 내밀었다. 알랑쇠는 아 랑곳하지 않고, 술에 취해 잔뜩 꼬인 목소리로 마치 연극을 하 듯이 놀려 댔다.

"우연히 만나긴 만났는데……."

"아잉, 그만 놀려요."

게이샤가 손바닥으로 무릎을 탁 치자, 알랑쇠는 몸을 부르르 떨며 입을 찢어져라 웃었다. 그러고 보니 빨간 셔츠에게 인사를 건넨 그 게이샤였다. 게이샤가 무릎에 손을 슬쩍 댔다고 헤벌쭉 웃다니, 알랑쇠도 정말 대책 없는 인간이었다.

"스즈짱, 내가 한잔 술에 널리리 조로 춤을 출 테니 풍악이나 한번 울려 봐."

알랑쇠는 기분이 한껏 동했는지 금방 춤이라도 출 태세였다. 건너편에 앉아 있던 한문 선생이 이 없는 입을 오물거리며 전통 악극의 한 구절을 읊조렸다.

"그거 안 들려요, 덴베이 님? 당신과 나 사이에……."

그런데 기억이 가물가물한지 게이샤에게 이렇게 물었다.

"그다음은?"

다른 게이샤가 지리 선생을 붙들고는 이렇게 물었다.

"요즘 이런 거 배우는데 한번 불러 볼까요?"

"좋지, 한번 불러 봐."

뽀글뽀글 유행 머리 틀어 올리고

하얀 리본 하이칼라 머리

타면 자전거, 켜면 바이올린

그러고는 어설픈 영어로 쏼라쏼라하기 시작했다.

I am glad to see you.

게이샤가 노래를 부르자 지리 선생은 감탄을 쏟아 내었다.

"이거 재밌는걸. 영어로도 노래를 부르네!"

돌풍은 고래고래 소리를 지르며 호령했다.

"게이샤, 게이샤! 내가 검무를 출 테니까 샤미센으로 장단을 맞춰 봐!"

게이샤는 고함 소리에 정신이 없는지 멍한 표정으로 쳐다볼 뿐 아무 대답도 하지 않았다. 돌풍은 대답하거나 말거나 신경도 쓰지 않은 채 지팡이를 요리조리 흔들며 "높은 산 골짜기 봉우리 넘고 넘어……." 하고 신나게 노래를 불러 제쳤다.

한편, 우리의 알랑쇠는 "한잔 술에 닐리리"를 진작에 끝내고는 허리를 퉁기며 춤까지 추었다. 그러고는 "선반 위의 오뚝이" 어쩌고 하는 속요를 한바탕 불러 대다가, 이참에 갈 데까지 가 보자는 듯이 옷을 위아래로 훌훌 벗어 던졌다. 급기야 훈도시 차림으로 빗자루를 겨드랑이에 끼더니, "자유를 위해 나를 바칠까 말까……." 하고 엔카(일본의 대중 음악의 대표적 장르. 일본인 특유의 감각이나 정서가 많이 묻어난다.—옮긴이)를 부르며 아장아장 걸어 다녔다. 거의 미친놈 수준이었다.

나는 아까부터 두루마기도 벗지 않고 고통스런 표정으로 조용히 앉은 끝물이 가련해서 견딜 수가 없었다. 아무리 자신의 송별회라고는 하지만, 훈도시만 입고 춤을 추는 놈을 두루마기 차림으로 참고 봐야 할 필요가 있을까.

나는 끝물 곁으로 다가가 말을 걸었다.

"고가 선생, 이제 갑시다."

"오늘은 나의 송별회인데, 내가 먼저 돌아가는 건 실례가 아닐까요? 나는 괜찮으니 걱정하지 마세요."

끝물은 이렇게 대답하고는 꼼짝할 낌새도 보이지 않았다.

"뭘 그리 체면을 따지고 그래요? 송별회라면 송별회답게 해야지. 저 꼴 좀 보세요. 거의 미친놈들이잖아요. 자, 가요."

내키지 않아 하는 사람을 억지로 일으켜 세워 자리를 뜨려는 순간, 알랑쇠가 빗자루를 흔들며 다가왔다.

"어라, 주인공이 먼저 가려 하다니! 이건 좀 너무하잖아."

끝물은 "청나라하고 담판을 지어야지." 어쩌고저쩌고 노래를 부르면서 빗자루를 옆으로 뻗어 앞길을 막았다. 나는 아까부터 배알이 뒤틀릴 대로 뒤틀린 터였다.

"청나라하고 담판은 무슨! 당신이 짱콜라야?"

하고 주먹으로 알랑쇠의 머리에 꿀밤을 한 방 먹였다. 알랑쇠는 이삼 초 동안 얼이 빠진 듯 멍하니 서 있다가 말도 안 되는 소리를 늘어놓았다.

"어라, 이건 좀 심하네. 날 때렸단 말이지? 나, 요시가와를 이렇게 취급하다니! 이건 말도 안 되지. 좋아, 청일 담판을 짓잔 말이지?"

그때 뒤편에서 돌풍이 검무를 추다가 말고 바람처럼 이리로 날아왔다. 그러고는 우리를 살펴보더니, 갑자기 내 목덜미를 잡은 채 밖으로 끌고 나갔다.

"청일 담판이라고? 아얏, 아파."

나는 이렇게 소리치면서 손을 옆으로 틀어 뿌리치려 하다가, 그만 몸이 휘청거리는 바람에 오히려 바닥에 내리꽂히고 말았다. 그다음에는 어떻게 되었는지 모른다. 끝물과 헤어져 집으로 돌아오니 11시가 넘어 있었다.

제 10 장

# 빨간 셔츠 퇴출 작전

오늘은 승전 기념일이어서 학교가 쉰다고 했다. 너구리가 학교 대표로 학생들을 인솔해서 기념식이 열리는 연병장까지 가야 했다. 나도 교직원의 한 사람으로서 함께 따라갔다. 거리로 나서자 사방에서 일장기가 펄럭였다. 눈이 핑핑 돌아갈 지경이었다.

전교 학생 수가 팔백 명이나 되었다. 체육 선생은 대열을 정비한 뒤 조금씩 간격을 두고는 모둠별로 교사를 한둘씩 붙여서 감독하게 했다. 꽤 그럴듯하게 대열을 지은 듯이 보였지만 실제로는 빈틈투성이였다.

어린놈들이 건방지기는 하늘의 똥구멍이라도 찌를 듯한 기세였다. 게다가 질서를 깨지 않으면 학생 체면이 망가지는 줄로 아는 녀석들만 모인 터라, 교사가 아무리 따라붙어도 별 소용이 없었다.

시키지도 않았는데 제멋대로 군가를 불러 대지를 않나, 군가를 부르지 말라고 했더니 "와~!" 하고 고함을 지르지를 않나. 마치 불량배들이 한꺼번에 거리로 쏟아져 나온 것만 같았다. 군가도 안 부르고 고함도 지르지 않을 때는 저희끼리 끝도 없이 시부렁거렸다. 떠들지 않고도 잘 걸을 수 있을 텐데……. 하나같이 물에 빠져도 입만 동동 떠오르게 생긴 인간들이다 보니, 아무리 잔소리를 해도 전혀 먹혀들지가 않았다. 심지어 입만 벌렸다 하면 선생 욕을 해 대니 천박하기 짝이 없었다.

나는 얼마 전에 숙직실 사건으로 학생들에게 공개적으로 사과를 받았다. 내심 잘 마무리되었다고 여기고 있었는데, 하숙집 할머니 말로는 그렇게 생각하는 것이 착각 중에서도 왕착각이라고 했다. 학생들이 앞에서 사과를 했다고 해서 진심으로 반성했다고 생각하는 건 큰 오산이라는 것이다. 교장이 그러라고 하니까 형식적으로 머리를 조아렸을 뿐, 장사치들이 머리를 조아리며 바가지를 씌우는 것과 같은 이치라나?

실제로 학생들이 사과를 하긴 했지만 장난질을 멈춘 건 아니었다. 곰곰 생각해 보면, 세상은 이런 학생들 같은 사람들로 죄다 이루어져 있는 것 같다. 사람이 사과를 하며 용서를 구한다고 해서 그걸 그대로 받아들이고 용서해 준다면 순진한 바보 취급을 받으니까 말이다. 결국 사과를 거짓으로 하는 거니까, 용서도 거짓으로 해야 하는 셈이다. 그게 아니라 정말로 사과를 하게 하려면 진심으로 후회할 때까지 따끔하게 맛을 보여 줘야 한다.

내가 모둠과 모둠 사이에서 천천히 걸어가고 있는데, 튀김 메밀국수니 경단이니 하는 말이 시시때때로 들려왔다. 게다가 쪽수가 많아서 누가 그런 말을 하고 있는지 도무지 알아차릴 수가 없었다. 설령 알아차려서 지목을 한다 해도 발뺌을 할 게 뻔했다. 저희는 나를 두고 튀김 메밀국수나 경단이란 말을 절대로 하지 않았는데, 내 신경이 예민하다 보니 제 발이 저려서 그리 들리는 것뿐이라고 우겨 댈 터였다.

이런 비열한 근성은 이미 봉건 시대부터 이 지역에서 숙성된 습관이어서, 제아무리 지적하고 바로잡으려 애써 본들 절대로 고쳐지지 않는다. 이런 곳에서 일 년만 살면 나처럼 순수한 인간마저도 결국 똑같이 흉내를 내게 될지도 모르겠다.

저들이 인간이면 나도 인간이다. 게다가 덩치는 죄다 나보다 크다. 어떻게든 벌을 주어야 체면이 설 수 있다. 그렇다고 내가 평범한 방법으로 징계를 할라치면 저쪽에서 먼저 알아채고 역습을 해 오기 일쑤다.

혹시라도 내가 잘못을 지적할 경우를 대비해 도망칠 구멍을 미리 찾아 두고서 아주 당당하게 자기가 옳다는 주장을 내세운다. 언뜻 그럴듯해 뵈는 논리를 앞세운 채 나의 잘못을 찾아내 따지며 공격하는 것이다. 애당초 내가 반격을 시작했기에 상대의 잘못을 제대로 내세우지 못하면 버틸 재간이 없게 된다.

그러니까 저쪽에서 공격을 시작했는데도 세상은 내가 먼저 시비를 건 것처럼 이해하게 되는 셈이다. 이건 정말 불리한 싸움이다. 그렇다고 저쪽이 하자는 대로 두루뭉술하게 넘어가면 점점 더 기만 더 살려 줄 뿐이다. 거창하게 말해, 이건 세상을 위해 결코 좋은 방법이 아니다. 결국 나도 상대의 전법을 똑같이 구사하여 반격할 수 없는 공격을 가해야 한다. 물론 그렇게 되면 도쿄 토박이의 체면이 말이 아니게 된다. 그렇긴 하지만 나도 인간인지라, 당하기만 하다 보니 오기로라도 결판을 내지 않을 수 없는 지경에 이르고 만 것이다.

아무래도 빨리 도쿄로 돌아가 키요와 같이 사는 수밖에 없을 듯싶다. 마치 타락하기 위해 이런 시골에 온 것만 같다. 차라리 신문 배달을 하는 편이 이렇게 타락하는 것보다는 백배쯤 더 나을 듯하다.

이런 생각을 하면서 대열을 질질 따라가는데, 무슨 일인지 앞쪽이 시끌벅적했다. 그와 함께 대열의 움직임이 갑자기 뚝 멈추었다. 이상한 느낌이 들어서 대열 옆으로 비어져 나와 앞을 살펴보니, 오테마치의 막다른 길에서 야쿠시마치로 돌아드는 모퉁이 쪽에서 대열이 뭔가에 막혀 실랑이를 벌이고 있었다.

체육 선생이 앞쪽에서 학생들에게 조용히 하라고 외쳐 대었다. 대체 무슨 일이냐고 물었더니, 길모퉁이에서 우리 학교와 사범 학교가 싸움이 붙었다는 것이다. 중학교와 사범 학교는 어느 지역에서건 철천지원수처럼 사이가 나쁘다고 한다. 왠지는 모르겠지만 도무지 둘은 궁합이 맞지 않는다나. 하긴 좁아터진 시골이라 심심하기도 하니까 재미로 싸우는 것일지도 모르겠다.

나도 싸움이라면 누구보다 좋아하는 편이라, 싸운다는 말을 듣는 순간 재미있겠다는 생각이 먼저 들어서 앞으로 잽싸게 달려갔다. 그러자 앞쪽에 있던 아이들이 마구 고함을 질러 댔다.

"뭐야, 세금으로 공부하는 주제에! 어서 물러나지 못해?"

그러자 뒤에서 더 크게 소리쳤다.

"밀어, 밀어!"

내가 앞을 가로막은 학생들의 틈을 뚫고 모퉁이에 다다랐을 즈음, "앞으로!" 하는 날카로운 호령과 함께 사범 학교 학생들이 앞으로 행진을 하기 시작했다. 서로 앞으로 나아가려다 일어난 충돌이 어느 정도 정리가 된 모양이었다. 우리 학교 학생들이 어쩔 수 없이 한 걸음 양보를 하면서 실랑이는 끝이 났다. 뭐, 굳이 자격을 따진다면 사범 학교가 조금 위라고 할 수 있으니까.

승전 기념식은 비교적 간단하게 끝났다. 여단장과 지사가 차례로 축사를 하고 나면 참가자들이 만세를 외치는 것이었다. 그걸로 끝! 뒤풀이는 오후에 있을 거라고 했다.

나는 일단 하숙집으로 돌아가 내내 마음에 담아 두었던 키요의 편지에 답장을 쓰기로 했다. 이번에는 아주 상세하게 적어 달라는 요청도 있어서, 가능한 한 정성을 들여서 편지를 써야 했다. 그런데 정작 편지지를 앞에 두고 보니, 쓸 얘기는 넘쳐흘렀지만 어디서부터 시작해야 할지 갈피를 잡을 수가 없었다.

이렇게 쓸까, 저렇게 쓸까? 이러면 좀 복잡해지지 않을까? 그럼 요렇게? 이건 좀 재미없잖아. 크게 힘들이지 않고 시원스럽게 쓸 수 있으면서도 키요가 아주 재미있어 할 얘기가 없나?

아무리 곰곰이 생각해 봐도 그런 건 딱히 없는 것 같았다. 나는 먹을 간 다음 붓을 손에 쥐고 반 절지 두루마리를 빤히 노려보았다. 몇 번이나 똑같은 동작을 반복했지만 도저히 편지를 쓸 자신이 서지 않아서 결국 벼루 뚜껑을 닫아 버렸다.

편지 같은 건 정말 귀찮다. 역시 도쿄로 가서 직접 얼굴을 보며 이야기를 나누는 게 편하다. 키요가 나 때문에 마음고생하는 건 충분히 알겠지만, 편지를 쓰는 건 이십일 일 동안 단식을 하는 것보다 더 힘들다.

나는 붓과 두루마리 종이를 던져 버리고 바닥에 벌렁 드러누워 팔베개를 한 채 마당 쪽을 바라보았다. 자꾸만 키요가 마음에 걸렸다. 그때 문득 이런 생각이 들었다.

이렇게 먼 곳에서도 안부를 걱정하는 내 진심이 키요에게 저절로 전해지지는 않을까? 전해지기만 하면 편지 같은 건 필요

없을 텐데……. 무소식이 희소식이라고, 아무 소식이 없으면 잘 지내고 있으리라 생각하겠지. 편지란 죽을 때나 아플 때처럼 무슨 일이 있을 때만 쓰면 되는 것이다.

열 평 남짓한 정원에는 이렇다 하게 내세울 만한 나무 한 그루조차 없었다. 바깥에서 봤을 때 표식 역할을 해 주는 밀감나무 한 그루가 그저 달랑 서 있을 뿐이었다. 나는 집으로 돌아올 때마다 이 밀감나무를 바라보곤 했다. 도쿄에서 벗어난 적이 없는 나 같은 인간한테 밀감나무는 아주 신기한 물건이었다. 파란 열매가 점점 영글어 노란색으로 변해 가는데, 그 모습이 아주 예뻤다. 지금도 반쯤 노랗게 물든 놈이 하나 있다.

할머니한테 물어보니 즙이 풍성하고 맛도 좋은 밀감이 열린다고 한다. 다 익으면 얼마든지 따 먹어도 좋다나? 앞으로 날마다 몇 개씩 따 먹을 생각이다. 앞으로 삼 주일만 지나면 먹어도 될 만큼 충분히 익을 것이다. 설마 삼 주일 안에 이곳을 떠날 리는 없겠지?

밀감 생각에 한창 빠져들어 있는데 갑자기 돌풍이 모습을 드러냈다. 오늘은 승전 기념일인 만큼, 나랑 식사를 하려고 소고기를 사 왔다고 했다. 그러면서 소매 안에서 대나무 껍질로 싼 놈을 꺼내 방 한가운데에 턱 내려놓았다. 하숙집에서 맨날 고구마와 두부에 절어 사는 데다, 메밀국수도 경단도 먹지 말라는 학교 측의 요청에 따라야 하는 신세인지라, 대뜸 '이게 웬 떡이냐?' 하고 반가운 마음이 들었다.

나는 곧장 할머니에게 냄비와 설탕을 얻어 온 뒤 고기를 삶기 시작했다. 돌풍은 소고기를 입안 가득 밀어 넣고는 이렇게 우물거렸다.

"교감이 어떤 게이샤랑 그렇고 그런 사이라는 거 알아?"

"알고말고요. 지난번 끝물 송별회 때 왔던 게이샤 가운데 하나 잖아요."

"맞아, 나는 며칠 전에야 눈치를 챘지 뭔가. 그런데 자네는 그걸 단박에 알아채다니, 정말로 대단한걸. 그 자식은 입만 열었다 하면 품성이니 정신적 오락이니 하고 떠들어 대면서, 정작 뒤로는 게이샤하고나 어울려 다니고 말이야. 정말이지 치사한 놈이지 뭐야? 본인이 그런 지경이면 다른 사람이 노는 것도 좀 너그럽게 봐줘야지. 자네가 메밀국수나 경단을 먹는 게 학생 지도에 지장을 초래한다며 교장한테 일러바치기나 하고 말이야."

"맞아요. 교감 생각으로는 게이샤랑 어울리는 건 정신적 오락이고, 메밀국수나 경단을 먹는 건 물질적 오락이란 얘기인 거죠. 진짜로 정신적 오락이라면 탁 드러내 놓고 하면 되잖아요? 뭐야, 그게……. 아는 게이샤가 나타나자마자 줄행랑이나 치고. 다른 사람 눈을 피해 뒷구멍으로 꼬물작대는 행태가 아주 마음에 안 들어요. 그러다 다른 사람이 비판하면, 러시아 문학이 어쩌고 저쩌고 하면서 시치나 떼고……. 하이쿠가 신체랑 형제 꼴이라는 둥 하면서 연막작전이나 펴고 말이지. 사내자식이 왜 그리 솔직하지가 못해? 게다가 하고 다니는 꼬락서니는 어떻고! 알랑방귀나 뀌는 무수리도 아니고. 혹시 교감 아버지가 유지마의 남창이었을지도 모르죠."

"유지마의 남창이라니? 그게 뭔데?"

"어쨌든 뭐 도무지 사내다운 데가 없다는 얘기죠. 어어, 그쪽은 아직 익지 않았어요. 그런 걸 먹었다가는 기생충 생겨요."

"뭐, 대충 괜찮을 것 같은데. 그런데 교감 말이야, 남몰래 온천 거리의 가도야에 가서 게이샤와 논다고 하던데."

"가도야라면 그 여관 말인가요?"

"여관 겸 요정이야. 그러니까 그놈을 꼼짝 못 하게 하려면 게이샤를 데리고 그곳으로 들어가는 순간에 우리가 그 앞에 떡 나타나는 거지."

"잠복이라도 하자는 건가요?"

"그럼, 가도야 앞에 마스야라는 여관이 있어. 그 이층 방 창호지에 구멍을 뚫고 지켜보는 거지."

"언제 올 줄 알고 지켜봐요?"

"어차피 하룻밤으로는 안 돼. 이 주일 정도는 지켜봐야지."

"그거 엄청 피곤할 텐데요. 아버지가 돌아가시기 전에 일주일 정도 밤을 새며 간병을 한 적이 있었는데, 그다음에 얼마나 고생했는지 몰라요."

"몸이야 조금 피곤한들 어때? 그 간사한 놈을 가만히 내버려 두는 건 이 나라를 위해서도 좋지 않은 일이야. 내가 이번에 하늘을 대신해서 철퇴를 내려 줄 거야."

"말만 들어도 기분 좋네요. 좋아요, 나도 거들게요. 그럼 오늘 밤부터 잠복하는 건가요?"

"아직 마스야 여관이랑 말을 맞추지 않았으니까, 오늘 밤은 안 되고."

"그럼 언제부터 하려고요?"

"곧 시작할 거야. 반드시 자네한테 연락할 테니까 그때 꼭 도와줘."

"좋아요, 언제든 말만 해요. 작전 짜는 건 잘 못하지만 이래 봬도 주먹은 꽤 쓸 만하거든요."

돌풍하고 열심히 빨간 셔츠 퇴치 작전 계획을 짜고 있는데, 하숙집 할머니가 문을 두드리며 학생 하나가 돌풍을 만나러 왔다고 전했다.

"선생님 댁에 찾아갔는데 안 계셔서, 혹시나 하고 여기로 와 봤대요."

돌풍은 곧장 현관으로 나가서 학생을 만나 보고는 금방 되돌아왔다.

"자네, 승전 기념 행사 보러 갈 텐가? 고지에서 춤추는 사람들이 와서 공연을 한다고 하네. 학생이 찾아와서 꼭 보는 게 좋을 것 같다고 전하더군. 평소에는 보기 힘든 춤이니까. 자네도 같이 가세."

돌풍은 한껏 신이 나서 같이 가자고 졸랐다. 나는 춤이라면 도쿄에서 지겨울 정도로 많이 봤다. 해마다 하치만 축제 때 야외 무대에서 추는 노가쿠(음악에 맞추어 노래를 부르고 춤을 추는 가면 악극.—옮긴이)도 잘 알고 있었다.

사실 이런 깡촌의 하찮은 춤 따위는 궁금하지도 않았다. 하지만 돌풍이 하도 권하는 바람에 할 수 없이 따라나섰다. 누가 돌풍을 데리러 왔는지 궁금해서 쳐다봤더니, 놀랍게도 빨간 셔츠의 동생이었다. 이것 참, 묘한 일이었다.

공연장으로 들어서자, 에코인의 스모 시합이나 혼몬지의 법회처럼 색색의 깃발을 여기저기 걸어 놓고, 줄에다 만국기를 매달아 넓은 하늘을 죄다 뒤덮고 있었다. 동쪽 구석에 임시로 세운 무대가 보였는데, 아마도 거기에서 고지의 무슨 춤이란 것을 추는 모양이었다.

무대 오른쪽으로 얼마간 떨어진 곳에 울타리를 치고 꽃꽂이 장식을 해 두었다. 다른 사람들은 감탄 어린 눈길로 바라보는데, 나는 도무지 유치해서 봐 주기가 힘들었다. 풀줄기와 대나무를 아무렇게나 구부러뜨려 놓고서는 좋다고 설레발을 치고 있다니! 차라리 꼽추 기둥서방이나 절름발이 남편을 자랑하는 편이 더 낫겠다.

무대 반대쪽에서는 불꽃이 빠르게 올라갔다. 갑자기 불꽃 속에서 풍선 하나가 툭 튀어나왔다. 풍선에는 '제국 만세'라고 적혀 있었다. 그놈이 천수각 소나무 위를 구불구불 날아가더니 병영 쪽으로 툭 떨어졌다. 이어서 또 다른 검은 덩어리가 가을 하늘을 꿰뚫을 듯 재빠르게 올라갔다. 그 검은 덩어리가 내 머리 위에서 펑! 하고 터지더니 파란 연기를 우산살처럼 펼치면서 공중으로 흩어졌다. 풍선이 또 올라갔다.

이번에는 빨간 바탕에 '육해군 만세'라고 하얗게 물들인 놈이 바람에 남실거리면서 온천 거리에서 아이오이 마을 쪽으로 날아갔다. 아마도 관음보살 경내로 떨어졌을 것이다.

그리 대단한 의식도 아닌데 엄청나게 많은 사람이 몰려들었다. 시골에도 이렇게나 많은 사람이 산다는 걸 새삼스레 깨달을 만큼 북적거렸다. 그럴듯해 보이는 인간은 별로 없었지만 숫자만큼은 그야말로 그럴싸했다. 그러는 사이에 그 평판이 자자하다는 고지의 무슨 춤이란 걸 추기 시작했다. 춤이라고 해서 그렇고 그런 전통춤이려니 여겼더니 이게 아주 큰 착각이었다.

머리에 두건을 두르고 무릎을 끈으로 묶어 바지가 아랫도리에 착 달라붙게 입은 남자가 열 명씩 세 줄로 무대에 늘어섰다. 서른 명이 하나같이 칼을 빼들고 서 있는 품이 사람의 간담을 서늘하게 만들어 놓았다. 앞줄과 뒷줄 사이가 고작 사오십 센티미터 정도나 되려나? 좌우 간격은 그보다 더 좁지도 넓지도 않왔다.

가만 보니 딱 한 사람만 줄에서 벗어나 무대 끝에 서 있었다. 주름진 바지에 두건도 쓰지 않은 그 남자는 칼 대신에 북을 가슴에 매달고 있었다. 북은 다이가쿠라(에도 시대에 추던 사자춤.— 옮긴이)에서 쓰는 것과 같았다.

그 남자가 "이야, 하아!" 하고 느릿하게 소리를 지르더니 야릇한 가락의 노래를 부르면서 큰북을 둥둥둥둥 두드렸다. 여태껏 한 번도 들어 보지 못한 노래였다. 미가와 지방의 익살스런 축제 노래와 염불 가락을 합쳐 놓은 것 같았다. 노래는 아주 느릿느릿하여 여름날의 소불알처럼 축 늘어진 느낌이었다.

하지만 북소리가 두둥둥 하고 마디를 끊으며 들어가자 절묘하게도 박자가 착착 맞아떨어졌다. 이 박자에 맞춰 서른 명의 남자들이 칼날을 번쩍번쩍 빛내며 동작을 하는데, 손놀림이 어찌나 재빠른지 순간순간 간담이 서늘해질 정도였다. 사오십 센티미터 정도의 간격을 두고 살아 숨 쉬는 인간이 절도 있게 움직이는데, 어지간히 호흡을 맞추지 않고서는 칼이 서로 부딪쳐 상처를 입히기 십상일 듯했다.

제자리에 선 채로 칼을 휘두른다면 그다지 위험하지 않을 테지만, 서른 명이 한꺼번에 발을 옆으로 내디디며 움직이고 있었다. 그뿐 아니라 빙그르르 한 바퀴 돌기도 하고 박자에 맞춰 무릎을 굽히기도 했다. 옆사람이 일 초라도 빨리 움직이거나 늦게 움직이면 코가 날아가 버릴지도 모를 일이었다. 아니, 옆사람 머리가 잘려 나갈지도 몰랐다. 서른 명의 몸놀림이 자유자재인 데다 동작의 범위가 사방으로 사오십 센티미터 안에 한정되어 있기 때문에 전후좌우의 사람하고 한 치의 흐트러짐 없이 같은 방향과 같은 속도로 움직여야 했다.

그야말로 대단했다. 여느 전통 무용극하고는 차원이 달랐다. 아주 숙련된 무용수들이 오랜 시간 동안 호흡을 맞추지 않으면 불가능한 무대였다.

이 가운데서도 특히 노래를 부르며 북을 치는 지휘자의 역할이 가장 무겁고 어려워 보였다. 무용수 서른 명의 발동작이나 손동작, 그리고 허리를 돌리는 동작들까지 모두 이 노래하고 북 치는 지휘자의 박자 하나로 통일되고 있었다. 객석에서 보기에는 이 지휘자가 가장 느긋하게 "이야, 하아!" 하고 외쳐 대는 것 같았는데, 실제로는 책임이 제일 무거워서 몹시 긴장해 있어야 하는 입장이었던 것이다. 생각할수록 참 신기했다.

돌풍과 내가 얼빠진 얼굴로 이 춤을 바라보고 있을 때, 백 미터 정도 떨어진 곳에서 갑자기 "와아-!" 하는 소리가 들려왔다. 지금까지 조용히 여기저기 기웃거리던 사람들이 순식간에 파도처럼 좌우로 흔들리는 게 아닌가. "싸움이다, 싸움!"이라는 소리가 들리는가 싶더니, 빨간 셔츠의 동생이 황급히 인파를 헤치고 달려왔다.

"선생님, 또 싸움이 벌어졌어요. 우리 학교 학생들이 오늘 아침 일로 사범 학교 학생들에게 시비를 건 모양이에요. 빨리 가 보세요!"

그러고는 다시 인파 속으로 스며들어 사라져 버렸다.

"정말 골치 아픈 놈들이야. 왜 또 싸워? 적당히 하면 될 것을."

돌풍은 이렇게 투덜거리더니, 출렁이는 사람들의 틈을 뚫고 바람처럼 달려갔다. 그냥 보고 있을 수는 없으니 말리러 가는 것이었다. 나 또한 도망칠 마음은 추호도 없었다. 돌풍의 뒤를 따라 곧장 달려갔다.

싸움은 거의 절정에 이른 상태였다. 사범 학교 쪽은 오륙십 명 정도였는데, 우리 학교 학생은 그보다 여남은 명가량 더 많아 보였다. 사범 학교는 여전히 교복 차림이었고, 우리 학교는 기념식이 끝난 뒤 교복을 갈아입은 까닭에 평상복 차림이었다. 그 바람에 누가 어느 편인지 단박에 구별이 되었다.

그러나 한데 뒤엉켰다가 흩어지면서 싸우는 통에 도대체 어디쯤에서 어떻게 끼어들어야 할지 알 수가 없었다. 돌풍은 난잡하게 뒤엉켜 싸우는 모습을 한동안 하릴없이 지켜보기만 했다. 그러다 나를 돌아다보며 이렇게 말했다.

"더 이상 방법이 없어. 경찰이 오면 일이 복잡해질 테니, 일단 저 가운데로 뛰어들어서 말리는 게 어떨까?"

나는 아무 대답도 하지 않은 채 가장 드세게 싸우는 무리 속으로 곧장 뛰어들었다.

"당장 그만둬. 그만두지 못해? 이러면 학교 체면이 뭐가 되겠냐고!"

나는 목청껏 고함을 지르며 두 패거리의 경계선쯤으로 파고들었다. 양쪽으로 갈라놓으려 했지만 마음먹은 대로 쉽사리 움직여지지가 않았다. 몇 발짝 움직이긴 했지만, 곧 나아가지도 물러서지도 못하는 지경에 빠지고 말았다.

비교적 덩치가 큰 사범 학교 학생이 바로 코앞에서 우리 학교 학생하고 붙었다. 나는 사범 학교 학생의 어깨를 잡아서 억지로 끌어당기면서 그만두라고 소리쳤다. 그때 누군가 아래쪽에서 내 발을 휙 걸어 버렸다.

불시에 일격을 받은 까닭에, 나는 사범 학교 학생의 어깨를 놓치며 그대로 바닥에 나뒹굴고 말았다. 한 놈이 발바닥으로 내 등을 짓눌렀다. 나는 두 손으로 무릎을 밀치며 벌떡 일어섰다. 그 바람에 놈이 오른쪽으로 퍽 넘어졌다. 나는 가까스로 몸을 일으킨 뒤 주위를 둘러보았다. 저쪽에서 돌풍의 큰 덩치가 학생들 사이에 낀 채 몸부림을 치고 있었다.

"그만둬, 그만두라고! 어서 그만두지 못해?"

나는 돌풍을 향해 소리쳤다.

"선생님, 우리 힘만으로는 안 되겠어요."

하지만 돌풍은 아무 말도 안 들리는지 대답이 없었다.

바로 그때, '휘잉~' 하고 바람 가르는 소리와 함께 돌멩이가 날아와 내 광대뼈를 후려쳤다. 그와 동시에 뒤에서 누군가 몽둥이로 등을 내려치며 이렇게 소리쳤다.

"학생들 싸움에 선생이 끼어들었어. 쳐, 힘껏 치라고! 선생이 둘이야. 한 놈은 크고 한 놈은 작아. 돌을 던져!"

나는 화가 치민 나머지, 옆에 있던 사범 학교 학생의 머리를 주먹으로 냅다 쳐 버렸다.

"건방진 놈! 촌놈 주제에 감히⋯⋯."

그 순간, 다시 돌이 '휘잉~' 하고 날아왔다. 이번에는 내 머리를 짧게 스치고 뒤로 날아갔다. 어떻게 된 셈인지 돌풍은 아예 보이지도 않았다. 이젠 어쩔 수가 없었다. 처음에는 싸움을 말려 볼 생각으로 뛰어들었지만, 욕을 먹고 돌까지 맞은 마당에 물러나 버리면 겁에 질린 멍청이가 되고 말 터였다.

감히 나를 건드려? 비록 키는 작지만 싸움이라면 일본 최고의 거리에서 단련된 몸이란 말이지. 이런 형님의 성질을 함부로 건드렸다 이거지? 좋았어! 이윽고 미친 듯이 치고 받으며 뒤엉켜 싸웠다.

그때 누군가가 다급히 소리쳤다.

"경찰이다, 경찰! 어서 토껴라!"

지금까지 걸쭉한 쌀뜨물 속에서 헤엄이라도 치듯이 허우적거리며 싸움을 해 대다가, 갑자기 적군이고 아군이고 없이 이놈들이 한꺼번에 달아나 버리기 시작했다. 촌놈도 도망치는 거 하나는 대단했다. 일본군에 쫓기는 러시아 사령관보다 더 빨랐다.

돌풍이 어떡하고 있는지 궁금해서 주위를 살펴보았더니, 걸레처럼 너덜너덜해진 두루마기 차림으로 저쪽에서 코를 닦고 있었다. 콧등을 세게 맞아 피를 많이 흘린 듯했다. 코가 새빨갛게 부어올라서 보기에도 안쓰러울 지경이었다.

나는 잔물결 무늬의 겹옷을 입고 있어서 흙이야 많이 묻었지만 돌풍만큼 걸레가 되지는 않았다. 그런데 아까 돌에 맞은 볼이 아프고 쓰라렸다.

경찰 열대여섯 명이 달려왔지만, 학생들은 이미 반대편으로 도망을 친 뒤여서 돌풍과 나만 남아 있었다. 우리는 이름을 대면서 자초지종을 늘어놓았다. 하지만 경찰들은 무작정 경찰서까지 가야 한다고 우겼다. 그 바람에 우리는 경찰서장 앞에까지 가서 사건의 전말을 다 이야기한 다음에야 가까스로 풀려나 하숙집으로 돌아왔다.

## 제 11 장
# 용감한 샌님

다음 날 아침에 눈을 떠 보니 온몸이 안 아픈 곳이 없었다. 오랫동안 싸움을 하지 않아서 후유증이 큰 모양이었다. 자리에 힘없이 드러누운 채, 이래 가지고서는 어디 가서 싸움 좀 한다고 내세우지도 못하겠다고 생각했다.

그때 할머니가 〈시코쿠 신문〉을 들고 와서 머리맡에 내려놓았다. 사실은 신문을 보기도 힘들 만큼 온몸이 욱신거렸지만, 사나이가 이 정도 일로 기가 죽어서야 말이 되느냐는 생각이 들어서 억지로 몸을 돌려 두 줄 정도를 읽었다. 그러고는 하도 기가 막혀서 두 눈을 화들짝 뜨고 말았다.

어제 있었던 싸움이 기사로 실려 있었다. 싸움에 대한 기사가

난다고 해서 놀랄 일은 아니지만, 중학교 선생 홋다 씨와 얼마 전에 도쿄에서 부임해 온 건방지기 짝이 없는 모 선생이 순진한 학생들을 선동하여 소동을 일으켰다는 것이다. 현장에서 학생들을 지휘하여 사범 학교 학생들에게 폭행을 가했다고까지 했다. 이어서 이런 의견을 덧붙여 두었다.

우리 현의 중학교는 옛날부터 풍기가 선량하고 온순하여 전국적으로 선망의 대상이 되었는데, 경박한 두 선생 때문에 우리 지역 학교의 미풍이 훼손되고 말았다. 두 선생으로 인해 우리 고장이 이런 불명예를 안게 되었으니, 분연히 일어서서 그 책임을 묻지 않으면 안 된다.

우리는 굳게 믿는다. 우리가 일어서기 전에 당국이 이 무뢰한들에게 마땅한 처분을 내려, 다시는 교육계에 발을 들여놓지 못하게 하리라는 것을.

게다가 한 글자 한 글자마다 방점을 찍어, 마치 글자에 뜸이라도 떠 놓은 것 같았다. 나는 똥이나 처먹으라고 중얼거리며 무거운 몸을 어렵사리 일으켰다. 이상하게도 조금 전까지 그렇게나 아프던 온몸의 관절이 갑자기 씻은 듯이 나아 버렸다.

나는 신문을 둘둘 말아 마당으로 휙 집어 던졌다. 그래도 분이 풀리지 않아서 일부러 변소까지 가서 변기 속에 처박아 버리고 왔다. 신문이란 어차피 거짓말만 늘어놓는다. 세상에서 거짓 나발을 가장 잘 부는 게 바로 신문인 것이다. 내가 해야 할 말을 저희가 다 알아서 해 버리니 그저 기가 찰 노릇이다.

게다가 얼마 전 도쿄에서 부임해 온 시건방진 모 선생이라니……. 천하에 모 선생이란 이름도 있나? 생각해 보라. 이래 봬도 성도 이름도 다 갖춘 제대로 된 사나이다. 족보를 읊어 보라고 한다면, 다다노 만주 이래로 조상 이름을 하나도 남김없이 제시할 수 있다.

밖으로 나가 세수를 하는데 여전히 볼이 시리고 아팠다. 할머니에게 거울을 빌려 달라고 했더니 불쑥 이렇게 물었다.

"오늘 아침 신문 봤어요?"

"아까 봤어요. 변소에 갖다 버렸는데, 원하시면 다시 주워다 드릴게요."

할머니는 내 말을 듣더니 놀라서 눈을 휘둥그레 뜨고는 얼른 도망가 버렸다. 거울에 비친 얼굴을 보자, 어제의 상처가 그대로 남아 있었다. 이게 얼마나 소중한 얼굴인데……. 이 얼굴에 상처를 입은 것도 모자라서 시건방진 모 선생이라는 말까지 듣다니! 이 촌구석에서 어떻게 그런 개무시를 당할 수 있는지 기가 막히고 코가 막힐 지경이었다.

오늘 신문에 난 기사 때문에 얼굴을 들 수 없어서 학교를 쉬었다는 말을 듣는다면 그것이야말로 일생의 치욕이 되리란 생각이 들었다. 그래서 아침밥을 꾸역꾸역 먹고는 바로 학교에 출근했다. 교무실에 들어서는 놈들마다 나를 흘깃거리며 실실 웃어 대었다. 뭐가 웃겨? 네놈들이 주물러서 만든 얼굴이 아니잖아?

그러는 사이에 알랑쇠가 나타나서 노골적으로 조롱을 해 대었다.

"오, 어제는 대단한 활극을 보였다면서요? 명예로운 부상을 입으셨구먼요."

아마도 송별회 때 나한테 맞은 복수를 할 참인지, 괜히 목소리에 힘까지 주며 까불거렸다.

"쓸데없는 일에 신경 쓰지 말고 저리 가서 붓이나 빨아요!"

나는 대번에 이렇게 쏘아붙였다.

"아, 화가 많이 난 모양이네? 아무튼 많이 아프겠는걸요."

"아프건 안 아프건 내 낯짝이니, 선생님이 걱정 안 해도 돼요!"

나는 다시 고함을 버럭 질렀다. 그러자 건너편에 있는 자기 자리로 돌아가서는 내 얼굴을 연방 힐끔거리며 옆자리의 역사 선생하고 수군거렸다.

잠시 후, 돌풍이 교무실에 출두했다. 돌풍의 코가 보라색으로 부풀어 올라, 슬쩍 누르기만 해도 금세 고름이 터져 나올 것 같았다. 자기 주먹을 믿고 과하게 설친 탓인지, 내 얼굴보다 훨씬 더 망가져 있었다.

돌풍과 나는 사이좋게 나란히 앉은 데다 자리가 교무실 입구에서 정면으로 바라다보이는 곳이었다. 재수가 없어도 더럽게 없다고 해야 할까. 험한 몰골의 얼굴 둘이 한데 모여 있으니, 다른 선생들은 재미난 구경거리라도 생긴 듯이 수시로 우리 쪽을 돌아보며 킥킥거렸다.

눈앞에서는 어처구니없는 일을 당했다고 위로하는 척하지만, 속으로는 필시 저런 바보 멍청이 자식들이 어디 있느냐고 비웃는 것이 틀림없었다. 그렇지 않다면 저렇듯 수근대며 키득거릴 리가 없었다.

수업 시작 나팔이 울려서 교실로 들어서자, 학생들이 박수로 나를 맞이했다. "선생님 만세!"를 외치는 놈도 두셋쯤 있었다. 이건 도대체 추켜세우는 건지 바보 취급을 하는 건지 도통 감을 잡을 수가 없었다.

나와 돌풍이 모든 사람의 시선을 한데 끌어 모으는 가운데, 이상하게도 빨간 셔츠만 평소와 똑같은 얼굴로 다가와 다정하게 말을 걸었다.

"정말로 어처구니없는 재난을 당했네. 두 선생의 처지가 하도 가련해서 어쩔 줄을 모르겠지 뭐야. 신문 기사에 대해서는 교장 선생님과 의논해서 정정 보도를 내도록 손을 써 두었으니 걱정하지 말게. 내 동생이 홋다 선생을 불러내서 결국 이런 일이 일어나고 말았으니, 진심으로 미안하게 생각하네. 이 건에 대해서는 원만하게 해결될 수 있도록 온 힘을 다할 생각이니 초조해하지 말고 기다려 주게."

웬일인지 거지반은 사과를 하듯이 말했다. 교장은 세 시간째 교무실을 들락날락하면서, 신문에 바람직하지 않은 기사가 났다고 계속 투덜거렸다. 여기서 일이 더 커지지 않았으면 좋겠다고 하면서 다소 걱정스런 표정을 짓기도 했다.

나는 걱정 같은 건 안 한다. 만약 학교에서 쫓아내려 한다면 내가 먼저 사직서를 낼 것이다. 그러나 잘못한 게 없는데도 내가 먼저 물러서게 되면 거짓말쟁이 신문사의 간덩이만 키워 주는 꼴이 될 터였다. 신문사에서 기사를 정정할 때까지는 억지로라도 자리를 지키는 것이 옳다는 생각이 들었다.

집으로 돌아가는 길에 신문사에 들러 담판을 지을까, 하는 생각을 잠깐 했다가, 학교에서 정정 보도를 요청했다는 말을 들은 터여서 일단은 참아 보기로 했다.

돌풍과 나는 교장과 교감을 찾아가 한 치의 가감도 없이 그날 있었던 일을 그대로 설명했다. 교장과 교감은 그렇게 믿는다고 대답하면서, 신문사가 학교에 대해 좋지 않은 감정을 품고 일부러 그런 기사를 낸 듯하다고 단정했다.

빨간 셔츠는 교무실을 한 바퀴 돌면서 선생들을 일일이 붙잡고 우리의 행동을 변호해 주었다. 특히 자기 동생이 우리를 불러낸 것이, 마치 자신의 과실이라도 되는 것처럼 한껏 미안한 표정을 지으며 말했다. 그러자 다들 "신문사가 나쁜 놈이지. 정말 수상쩍은 놈들 아니야? 두 선생이 큰 피해를 입었네."라며 위로를 늘어놓았다.

"빨간 셔츠 저 자식 냄새가 좀 나. 조심하지 않으면 또 당하고 말 거야."

퇴근길에 돌풍이 불쑥 말했다.

"어차피 처음부터 냄새나는 놈이었잖아요. 오늘부터 냄새를 피운 건 아니죠."

"자넨 아직 눈치 못 챘어? 어제 일부러 우리를 불러내서 싸움판으로 끌어들인 것 같은데. 아무래도 술수를 쓴 것 같다니까."

나는 미처 거기까지는 생각해 보지 않았다. 돌풍은 거칠기는 하지만, 나보다는 훨씬 똑똑한 사람인 듯해서 내심 감탄이 새어 나왔다.

"그런 식으로 싸움을 붙여 놓고선 신문사에 손을 써서 기사가 나게 한 거지. 진짜 간사한 놈이야."

"빨간 셔츠가 신문사까지 잡고 흔든단 말이에요? 그렇다면 여간 놀라운 놈이 아닌걸요. 그렇지만 신문사가 빨간 셔츠 말을 그렇게 고분고분 들어 주었을까요?"

"그거야 신문사에 친구 하나만 있으면 아주 간단한 일이지."

"신문사에 빨간 셔츠의 친구가 있어요?"

"없을 리가 없지. 신문이라는 게, 사실은 이러저러하다고 거짓말로 둘러대면 그렇게 써 주는 거지, 뭐."

"정말 어이가 없네요. 빨간 셔츠의 계략이 맞다면 우리는 이 사건으로 학교에서 잘릴지도 모르겠네요."

"재수 없으면 그렇게 될지도 몰라."

"그럼 난 내일 사직서를 내고 바로 도쿄로 돌아갈 거예요. 이렇게 거지 같은 데는 바지춤을 잡고 매달려도 있고 싶지 않아요."

"자네가 사직서를 낸들 빨간 셔츠가 곤란할 건 하나도 없어."

"그렇겠죠. 아, 놈이 벌벌 싸게 할 방법이 어디 없을까요?"

"워낙 간사한 놈이다 보니, 무슨 일을 해도 증거를 남기지는 않았을 거야. 매사에 어찌나 조심을 하는지……. 도저히 반격을 할 수가 없어."

"아, 힘드네요. 누명이나 쓰고 살아야 하다니! 기분도 거지 같고. 하늘은 도대체 누구 편인 거야?"

"자, 이삼 일가량은 그냥 두고 보자고. 그러다 때가 되면 온천 거리에서 증거를 잡는 수밖에 없어."

"싸움 건은 그대로 두고요?"

"그럼. 우리 나름대로 증거를 확보하는 거지."

"그것도 좋겠네요. 난 그런 작전은 잘 못 짜니까, 앞으로 잘 부탁할게요. 뭐든 다 할 테니까."

나는 돌풍과 곧 헤어졌다. 빨간 셔츠가 과연 돌풍이 생각하는 대로 행동했다면 정말로 더러운 놈이다. 머리로는 도저히 이길 수가 없는 놈인 거다. 아무리 생각해도 주먹이 아니면 안 될 듯싶었다. 그러니까 이 세상에 전쟁이 그치지 않는 거야. 개인 사이에서 벌어지는 일도 역시 주먹으로 해결하는 수밖에 없다니.

다음 날 아침, 눈이 빠지게 신문을 기다렸다가 샅샅이 훑어보았지만 정정 기사는커녕 이름조차 나오지 않았다. 학교에 출근하자마자 너구리에게 달려가서 정정 보도가 왜 나오지 않느냐고 따졌다.

"기다려 봐요. 내일쯤엔 나올 테니까."

그다음 날, 6호 활자 크기로 자그마하게 지난번 기사의 내용을 취소한다는 글이 실렸다. 그러나 신문사에서 잘못을 인정한다는 내용은 없었다. 다시 교장에게 달려가 따져 보았지만 더는 신문사에 요구할 수 없다고 했다.

교장은 언제나 너구리 같은 표정으로 위세를 부려 대지만 의외로 힘이 없는 모양이었다. 허위 기사를 낸 지방신문 하나를 제대로 손보지 못한다니. 나는 너무 화가 나서 주먹을 바르르 떨었다.

"그렇다면 내가 직접 가서 주간이랑 담판을 짓겠습니다."

"아, 그건 좋지 않은 방법이에요. 선생님이 찾아가서 담판을 지으면 또 이상한 기사를 낼 테니까."

그러니까 신문사와 관련된 일은 그것이 거짓이건 진실이건 상관없이 어떻게든 손을 쓸 수 없다는 것이었다.

"이쯤에서 그만 포기하도록 해요. 그것 말고는 방법이 없어."

너구리는 마치 스님이 법문을 외듯 느긋하게 타일렀다. 신문이 그런 거라면 하루라도 빨리 쳐부수는 것이 우리를 위해서라도 좋은 일이 아닌가. 신문에 걸려드는 것하고 자라한테 물리는 것이 똑같다는 사실을 오늘 너구리의 설명을 듣고서야 처음으로 깨달았다.

그로부터 사흘이 지난 뒤, 돌풍이 사뭇 비장한 표정으로 다가와 말했다.

"드디어 때가 왔어!"

예의 그 계획을 실행할 때가 왔다는 것이었다. 그렇다면 나도 끼워 달라고 조르며 그 자리에서 동맹을 요청했다. 그런데 돌풍이 고개를 갸웃거리며 이렇게 말했다.

"자네는 빠지는 게 좋겠어. 혹시 교장한테 불려가서 사직서 내라는 말을 들었나?"

"아니요, 선생님은요?"

"오늘 교장실에서 그 말을 들었어. 정말로 안된 일이지만 어쩔 수 없으니 사직서를 받지 않을 수가 없다고 하더군."

"세상에, 그런 게 어딨어요? 너구리 자식이 배를 너무 세게 두드리다 위장이 다른 데 갖다 붙어 버린 모양이네. 선생님과 나는 승전 기념일 행사에 참가했다가 고지의 칼춤을 보고 나서, 함께 싸움을 말리려고 뛰어든 거잖아요? 그러면 공평하게 양쪽에서 사직서를 다 받아야지. 아무리 시골 학교라고는 하지만 그런 이치도 모르다니! 이건 말도 안 돼요."

"이게 바로 빨간 셔츠의 계략인 거야. 나하고 빨간 셔츠는 도저히 양립할 수 없는 관계거든. 하지만 자네는 그냥 내버려 둬도 해가 없으리라 판단한 거지."

"나도 빨간 셔츠하고는 양립할 수 없어요. 해가 안 된다고 생각하다니, 정말로 건방진 놈이네요."

"자네는 성품이 워낙 단순하니까 그냥 두어도 적당히 속일 수 있다고 생각한 거겠지."

"듣고 나니 더 기분 나쁘네요. 누가 같이 있고 싶대요?"

"게다가 고가 선생이 전근을 갔지만, 후임이 사고 때문에 아직 부임을 하지 못했어. 아무래도 자네와 나를 동시에 내쫓으면 수업에 지장이 생기겠지."

"그렇다면 나를 막간의 땜빵용으로 쓰겠다는 거네요. 누가 그런 수법에 넘어간대요?"

다음 날, 나는 학교에 가자마자 곧장 교장실로 쳐들어가서 따졌다.

"왜 나한테는 사직서를 내라고 하지 않으십니까?"

"엉? 그게 무슨 소리예요?"

교장은 무슨 영문인지 모르겠다는 듯이 눈을 동그랗게 떴다.

"홋다 선생한테는 사직서를 내라고 했다면서요? 그런데 왜 저한테는 그런 말씀을 안 하신 겁니까? 대체 그런 법이 어디 있습니까?"

"그건 학교 사정으로……."

"바로 그 사정이 잘못되었다는 겁니다. 내가 사직서를 안 내도 된다면, 홋다 선생도 똑같은 것 아닙니까?"

"그 부분은 설명하기가 좀 곤란한데, 홋다 선생은 지금 나가도 상관없지만, 선생은 굳이 사표를 낼 필요가 없다고 생각하고 있는 터라서……."

과연 너구리다. 뭐가 뭔지 모를 말을 늘어놓으면서도 느긋하기 짝이 없었다. 그래서 나는 이렇게 소리쳤다.

"그럼 저도 사직서를 내겠습니다. 홋다 선생 혼자만 그만두게 하고서 저 혼자 편안히 자리를 지키고 있을 줄로 생각하신 모양인데요. 전 그런 비인간적인 짓은 절대로 할 수 없습니다."

"그건 곤란해요. 홋다 선생이 떠나는 마당에 선생마저 나간다면 수학 수업을 누가 맡겠어요?"

"수업을 누가 맡건 말건, 그건 제가 알 바가 아닙니다."

"자기 생각만 해선 안 돼요. 학교 사정도 좀 생각해 주고 그래야지. 게다가 부임한 지 한 달이 될까 말까 해서 지금 사직서를 내는 건 선생의 이력에도 그리 좋지 않아요. 그런 점까지 고려해서 다시 생각해 보는 게 좋지 않을까 싶은데……."

"이력 같은 건 아무래도 상관없습니다. 저는 이력보다 의리가 더 중요합니다."

"그야 지당한 말씀! 하나도 틀린 말은 아니지만, 내가 하는 말도 좀 찬찬히 생각해 보길 바라요. 선생이 굳이 사직서를 내겠다면 어쩔 수 없는 일이긴 하지만, 다른 선생이 올 때까지는 자리를 지켜 주세요. 아무튼 집에 돌아가서 다시 한 번 생각해 보시오."

다시 생각해 보라고? 두 번 다시 생각할 것도 없는 명명백백한 이유가 있는데도? 하지만 너구리의 얼굴이 새파랗게 질린 것 같기도 하고 벌겋게 달아오른 것 같기도 해서 조금 불쌍한 마음이 들었다. 일단은 다시 생각해 보겠다는 말을 남기고 교장실에서 물러났다.

빨간 셔츠에게는 입도 뻥긋하지 않았다. 어차피 쳐부술 거면 모아 두었다가 한꺼번에 깨부수는 게 좋으니까.

나는 돌풍에게 너구리와 담판을 한 이야기를 들려주었다.

"대충 그리 되리라 생각했네. 사직서 건은 일단 내버려 두어도 괜찮을 것 같은데……."

나는 고개를 끄덕였다. 아무래도 돌풍이 나보다는 사리에 밝은 듯해서 시키는 대로 하기로 했다.

마침내 돌풍은 학교에 사직서를 제출한 뒤, 직원들과 작별 인사를 나누었다. 그리고 항구의 하숙집에서 나온 다음, 온천 거리의 마스야 이층 방으로 은밀히 숨어들었다. 창호지에 구멍을 뚫고는 밤낮없이 밖을 살피기 시작했다. 그런 사실을 아는 사람은 나뿐이었다.

빨간 셔츠는 분명 밤 시간에 은밀히 찾아올 터였다. 그것도 학생들을 비롯해 다른 눈들이 오가는 저녁나절을 피하기 위해선 적어도 9시가 넘어서 움직일 것이었다.

나는 이틀 동안 11시까지 잠복했지만, 빨간 셔츠는 그림자도 보이지 않았다. 셋째 날도 9시부터 11시 반까지 지켜보았지만 역시 허탕이었다. 고작 며칠 동안 계획에 실패했다고 해서 하숙집으로 물러나는 것은 말이 안 되는 일이었다.

사오 일쯤 지났을 때였다. 하숙집 할머니가 걱정스런 마음이 들었는지, 부인을 두고서 밤놀이를 너무 심하게 다니는 것 아니냐며 충고를 했다. 그런 밤놀이하고는 엄연히 다른 거지만 할머니가 알 턱이 없었다. 이건 하늘을 대신하여 천벌을 내리기 위한 밤놀이였다. 그렇지만 일주일이 다가오도록 범행의 흔적을 찾지 못하자 슬슬 지치기 시작했다.

나는 성질이 급해서 한번 꽂혔다 하면 밤이라도 새는 성미이지만, 뭐든 오래 지속하지는 못했다. 아무리 천명을 받은 몸이라 해도 지겨운 건 어쩔 수 없었다. 엿새째는 조금 넌더리가 났고, 이레째는 그만두고 싶은 마음이 슬슬 치밀었다.

그러나 돌풍은 단호했다. 저녁나절부터 자정까지 눈을 문구멍에 들이대고는 가도야의 가스등 아래를 거의 노려보다시피

했다.

내가 방 안으로 들어서자 오늘은 손님이 몇 명이 들어갔는지를 줄줄 읊어 대었다. 숙박이 몇 명, 여자가 몇 명······. 이런 식으로 통계까지 내미는 것에 깜짝 놀라서 혀를 내두르고 말았다.

"아무래도 안 올 것 같아요."

"아니, 분명히 올 거야."

돌풍은 팔짱을 끼고서 한숨을 깊게 내쉬었다. 가련하게도, 만일 빨간 셔츠가 여기에 나타나지 않는다면 돌풍은 평생 천벌을 내릴 수 없게 된다.

여드레째 되던 날, 7시경에 하숙집을 나서서 온천을 즐긴 뒤 거리에서 달걀을 여덟 알 샀다. 이것은 하숙집 할머니의 줄기찬 고구마 식사에 대한 나름대로의 대책이었다. 달걀을 네 알씩 양쪽 소매에 나눠 넣은 다음, 빨간 수건을 어깨에 걸친 뒤 마스야의 계단을 올라가서 방문을 활짝 열었다.

그러자 돌풍이 상기된 표정으로 손짓을 했다.

"어이, 됐어. 이제 됐어!"

어젯밤까지만 해도 너무 맥이 빠진 표정이어서, 곁에서 지켜보던 나도 음침한 느낌이 들 정도였다. 그런데 오늘 활짝 핀 얼굴을 보노라니, 나도 덩달아 기분이 좋아졌다. 그래서 무슨 말을 듣기도 전에 "최고, 최고!" 하고 외쳤다.

"아까 7시 반에, 그 고스즈라는 게이샤가 가도야에 들어갔어."

"빨간 셔츠하고 같이?"

"아니."

"그럼 소용없잖아요."

"게이샤 둘을 데리고 들어갔는데, 아무래도 좋은 걸 보게 될 것 같아."

"왜요?"

"왜라니? 빨간 셔츠는 아주 교활한 놈이니까 게이샤를 먼저 들여보낸 뒤 나중에 살그머니 올지도 모르잖아."

"그럴지도 모르겠군요. 그런데 벌써 9시나 됐어요."

"9시 12분이야."

돌풍은 허리춤에서 니켈로 된 시계를 꺼내 보며 말했다.

"어이, 등불 꺼. 창에 머리가 둘이 비치면 이상하잖아. 여우 같은 자식이 바로 눈치를 챌 수도 있어."

나는 탁자 위에 놓인 등불을 훅 불어 껐다. 별빛을 받아서 창 쪽만 조금 밝았다. 달은 아직 나오지 않았다. 돌풍과 나는 창에다 얼굴을 바짝 들이대고 숨을 죽였다.

찡~, 그때 기둥 시계에서 9시 반을 알리는 소리가 났다.

"정말로 올까요? 오늘 밤에 나타나지 않으면 난 지쳐 버릴 거 같은데."

"난 돈이 떨어질 때까지 할 거야."

"돈은 얼마나 줬어요?"

"오늘까지 팔 일치 5엔 60전을 지불했어. 언제 뛰쳐나가도 상관없도록 날마다 하루치씩 계산을 했지."

"그건 아주 잘했네요. 그런데 여관에서 좀 놀라겠어요."

"여관이야 아무래도 상관없지만, 창문에서 한시도 눈을 뗄 수 없다는 게 좀 힘들어."

"그 대신에 낮잠을 자잖아요."

"낮잠이야 자지만 외출을 할 수 없으니까 답답해서 죽을 지경이야."

"천벌을 내리는 것도 정말 힘드네요. 이러다 하늘의 그물이 너무 성겨서 놓치기라도 하면 진짜 재미없는데."

"걱정 마. 오늘은 반드시 올 거야. 어이, 저기 봐! 저기."

돌풍의 낮은 목소리에 괜스레 가슴이 두근거렸다. 검은 모자를 쓴 남자가 가도야의 등불 아래서 위를 올려다보며 어둠 속으로 사라졌다. 그런데 젠장! 다른 사람이었다.

"어라? 아니었어."

그러는 가운데 시계가 사정없이 11시 종을 쳤다. 오늘 밤도 허탕인 모양이었다.

사위가 쥐 죽은 듯 고요했다. 유곽에서 울리는 큰북소리가 바로 옆에서 들리는 것처럼 생생했다. 온천 거리의 뒷산에서 달이 수줍게 얼굴을 내밀었다. 거리가 매우 밝아졌다.

그때 아래쪽에서 말소리가 들렸다. 창으로 고개를 내밀 수 없어서 얼굴을 확인하지는 못했지만 아마도 아주 가까이 다가온 듯했다. 달가닥 달가닥, 게다를 끄는 소리가 나지막이 울려 퍼졌다. 눈길을 옆으로 슬쩍 돌려 보니, 그림자 두 개가 어릿거렸다.

"이제 괜찮아요. 귀찮은 놈을 쫓아내 버렸으니까요."

알랑쇠 목소리였다.

"고집만 부릴 줄 알고 머리는 쓸 줄을 전혀 모르니 어쩔 수 없지, 뭐."

이건 빨간 셔츠의 목소리였다.

"그 친구도 정말 멍청해요. 그래도 그 친구는 용감한 샌님 같아서 애교가 있어요."

"월급을 올려 준다는데도 싫다는 둥, 기어이 사직서를 내겠다는 둥……. 그 친구, 머리가 좀 어떻게 된 게 아닌가 몰라."

나는 창을 열고 당장 이층에서 뛰어내려 실컷 두들겨 패 주고 싶은 걸 겨우 참았다. 두 놈은 와하하하, 웃으면서 가도야 안으로 들어갔다.

"어이!"

"어이!"

"좋았어."

"드디어 왔어요."

"이제야 마음이 놓이네."

"알랑쇠 자식, 나를 용감한 샌님이라고 했단 말이지?"

"귀찮은 놈이란 건 나를 두고 한 말일 테고. 어디서 그런 실례의 말을……."

돌풍과 나는 두 사람이 유곽에서 나오는 순간에 맞춰서 정확히 덮쳐야 했다. 그런데 두 사람이 언제 나올지 알 수가 없었다. 돌풍은 아래층으로 내려가, 혹시 밤중에 용건이 생겨서 나가야 할지도 모르니 대문을 열어 두라고 부탁했다.

빨간 셔츠가 나타나기를 기다리는 것도 힘들었지만, 볼일을 끝내고 다시 나오기를 기다리는 일도 여간 괴롭지 않았다. 잠도 자지 못한 채 오로지 창호지 구멍으로 밖을 지켜보는 것은 지겹기도 하고 고단하기도 했다. 무엇보다 마음이 진정되지 않는 것이 무척 힘들었다. 평생 동안 이렇게 힘든 일은 처음인 듯싶었다.

"차라리 가도야에 쳐들어가서 현장을 덮치는 게 어때요?"

하지만 돌풍이 딱 잘라 거절했다.

"둘이서 지금 달려 들어가 봐야 무단 침입자 취급만 받을 거야. 그러면 목적을 달성하지도 못한 채 꼴만 우스워질걸."

설령 이유를 설명하고 정식으로 면회를 요청한다 해도 빨간 셔츠가 오지 않았다고 하거나 다른 방으로 안내할 게 틀림없었다. 급습을 한다 해도 몇십 개나 되는 방 가운데서 빨간 셔츠를 찾아낸다는 것은 불가능에 가까웠다. 결국 밖으로 나올 때까지 기다리는 방법밖에 없었다. 우리는 새벽 5시까지 기다렸다.

가도야에서 나오는 두 사람을 발견하고서 그 뒤를 살금살금 따라갔다. 첫 기차까지는 아직 시간이 많이 남아 있어서 두 사람은 성 아래까지 걸어가야 했다. 온천 거리를 벗어나면 백 미터쯤 되는 가로수 길이 나오고 양옆으로는 논밭이 펼쳐졌다. 그곳을 지나가면 초가집이 나오고 밭을 가로질러 성 아래까지 둑방길이 뻗어 있었다.

주택가만 벗어나면 어디든 상관없지만, 가능한 한 인가가 하나도 없는 가로수 길에서 잡아채려고 살금살금 뒤를 따랐다. 그러다가 거리를 벗어나자 발걸음을 빨리해 잽싸게 따라잡았다. 그러자 두 사람이 발소리를 듣고 깜짝 놀라 뒤를 돌아보았다.

돌풍은 기다렸다는 듯이 빨간 셔츠의 어깨를 홱 낚아채었다. 알랑쇠는 그 모습을 보고 어떻게든 도망을 치려 주변을 재빨리 살폈다. 나는 얼른 알랑쇠의 앞을 막아섰다.

"교감씩이나 되는 사람이 무슨 사연으로 가도야에서 자고 나오는 거요?"

돌풍이 따지고 들었다.

"교감은 가도야에서 자면 안 된다는 규칙이라도 있어?"

빨간 셔츠는 정중한 어투로 당당하게 되물었다. 하지만 얼굴은 파랗게 질려 있었다.

"학생 지도상에 문제가 있다고 메밀국수집과 떡집에도 가지 말라고 하던 사람이 왜 게이샤와 여관에서 잠을 자는 건지요?"

알랑쇠가 틈을 봐서 도망치려는 낌새라, 나는 계속해서 앞을 가로막았다.

"뭐, 나더러 용감한 샌님이라고?"

나를 고함을 버럭 질렀다.

"아니, 선생님을 두고 한 말이 아니에요. 절대로 아니에요."

세상에 이런 철면피도 더 없을 것이다. 순간, 내가 두 손으로 양쪽 소매를 엇갈려 잡고 있다는 걸 깨달았다. 뒤를 따라잡을 때 소매 속의 달걀이 흔들려 깨지면 곤란할 듯해서 두 손으로 움켜잡고 있었던 것이다.

나는 소매 안에 손을 집어넣어 달걀 두 알을 꺼낸 뒤 "이얏!" 하고 알랑쇠의 얼굴에 발라 버렸다. 곧이어 퍽! 하고 달걀 깨지는 소리와 함께 알랑쇠의 코에서 노란 액체가 줄줄 흘러내렸다. 알랑쇠는 엄청 놀랐는지 비명을 내지르며 그대로 바닥에 퍼질러 앉았다. 그러고는 두 손을 맞대고 싹싹 빌었다.

"제발 살려 주세요, 네? 살려 주세요."

나는 이 달걀을 먹으려고 샀지 남의 얼굴에 바르려고 사지 않았다. 순간적으로 화가 치밀어 얼굴에 던져 버린 것이었다. 그런데 막상 알랑쇠가 엉덩방아를 찧는 것을 보자 대성공을 거두었다는 생각이 들었다.

"이 새끼, 너도 당해 봐!"

나는 이렇게 외치면서 나머지 달걀 여섯 알도 녀석의 얼굴에다 발라 버렸다. 그 바람에 알랑쇠 얼굴이 온통 노랗게 물들었다. 내가 달걀을 집어 던지는 동안에 돌풍과 빨간 셔츠는 언쟁을 벌이고 있었다.

"게이샤를 데리고 내가 여관에서 잤다는 증거라도 있어?"

"어젯밤에 네놈하고 잘 아는 게이샤가 가도야에 들어가는 것을 이 두 눈으로 똑똑히 봤단 말이야. 속이려 해도 소용없어."

"속일 이유도 없지. 난 요시가와 선생하고 둘이서 잤으니까. 게이샤가 들어갔든 말았든 나하고는 아무 상관 없는 일이야."

"입 닥쳐!"

돌풍이 주먹을 세차게 날렸다. 빨간 셔츠는 비틀거리면서 말했다.

"이건 폭력이야. 깡패나 하는 짓이라고. 이치를 따지지 않고 폭력을 휘두르는 것은 엄연히 불법 행위야."

"불법이면 어때?"

돌풍은 또다시 주먹을 날렸다.

"너 같은 간신배는 흠씬 두들겨 맞아야 정신을 차리지."

그러면서 사정없이 주먹을 날렸다. 나도 알랑쇠를 마구 두들겨 팼다. 마침내 두 사람은 삼나무 뿌리께에 아예 퍼질러 앉았다. 하도 맞아서 움직일 수조차 없었던지, 이제는 도망칠 생각도 하지 않았다.

"이제 됐어? 이래도 모자란다면 더 패 줄까?"

돌풍은 이렇게 말하며 두 사람의 머리를 바닥에 콩콩 찧었다.

"이제 됐어."

빨간 셔츠가 다 죽어 가는 목소리로 대답하자 알랑쇠에게도 똑같이 물었다.

"너도 이제 됐어?"

알랑쇠는 얼른 이제 됐다고 대답했다.

"네놈들은 간신배니까 이렇게 천벌을 받아야 마땅해. 이걸 계기로 앞으로 조심해. 아무리 그럴듯하게 떠들어 봐야 정의가 너희를 결코 용서하지 않아."

돌풍이 제법 그럴싸하게 연설을 해도 두 사람은 입을 꾹 다물고 있었다. 어쩌면 말대꾸조차 하기 싫은 건지도 모르겠다.

"난 숨지도 않고 도망치지도 않아. 오늘 오후 5시까지 항구 여관에 있을 거야. 볼일이 있으면 경찰을 데리고 오든 말든 네 마음대로 해."

돌풍의 말이 끝나자 나도 따라 했다.

"나도 숨지도 않고 도망치지도 않아. 훗다 선생이랑 같이 있을 테니까 경찰에 신고를 하든 말든 네 마음대로 해."

우리는 앞으로 성큼성큼 걸어 나갔다.


내가 하숙집에 돌아온 것은 7시 조금 전이었다. 방에 들어서자마자 짐을 싸기 시작했더니, 할머니가 깜짝 놀라서 무슨 일이냐고 물었다.

"도쿄에 가서 마누라를 데려오려고요."

나는 이렇게 말하고는 하숙비를 계산한 다음, 바로 기차를 타고 항구로 가서 여관으로 들어갔다. 돌풍은 늘어지게 자고 있었다. 나는 사직서에다 "개인 사정으로 사직하고 도쿄로 돌아가야 하니 그렇게 알기 바랍니다."라고 적은 뒤, 편지봉투에 학교 주소와 교장 이름을 쓰고서 우편함에 넣었다.

기선은 저녁 6시에 출발했다. 돌풍도 나도 피곤해서 푹 잠들었다가 눈을 떠 보니 오후 2시였다. 여종업원에게 경찰이 찾아오지 않았느냐고 물었더니 고개를 절레절레 흔들었다.

"빨간 셔츠도, 알랑쇠도 신고를 하지 않은 모양이야."

우리는 오랜만에 큰 소리로 웃었다.

그날 저녁, 돌풍과 나는 그 더러운 땅을 떠났다. 배가 그 땅에서 멀어질수록 기분이 좋았다. 고베에서 도쿄까지는 직행이라, 신바시에 도착했을 때는 비로소 제 세상을 만난 듯했다. 돌풍하고는 그 자리에서 헤어져 오늘까지 한 번도 만나지 못했다.

그런데 키요에 대해서 한마디 덧붙여야겠다.

나는 도쿄에 도착하자마자 하숙집도 정하지 않고 가방을 든 채 키요가 사는 집으로 뛰어 들어갔다.

"키요, 내가 왔어!"

키요는 내 얼굴을 보더니 빨리 와 줘서 고맙다며 눈물을 뚝뚝 흘렸다.

"아, 도련님! 빨리 와 줘서 정말 고마워요."

나는 하도 기쁜 나머지, 이제 다시는 시골 같은 데 가지 않고 키요랑 같이 도쿄에서 살 거라고 했다.

그 후, 나는 어떤 사람의 소개로 도쿄철도회사의 기사가 되었다. 월급은 25엔이었고, 방세는 6엔이었다. 키요는 현관이 딸린 집이 아니라도 아주 만족스러워했다. 하지만 슬프게도 올 2월에 폐렴을 앓다가 그만 세상을 떠나고 말았다.

숨을 거두기 전날, 나를 불러 이렇게 당부했다.

"도련님, 내가 죽으면 도련님 가문의 절에 묻어 주세요. 무덤 속에서 도련님 오기를 손꼽아 기다리고 있을게요."

그래서 키요의 묘는 지금 고비나카의 요겐샤에 있다.

# 거짓 세상을 향해 던지는
## 시원한 호통

강혜원 _ 서울 상암고등학교 국어 교사

# 친근한, 그러나 찾기 힘든 작은 영웅

세상이 어지러워 절망감에 빠져들 때, 또 모순으로 가득 차서 가슴이 갑갑해질 때 우리는 영웅을 불러낸다. 그 영웅은 홍길동처럼 도술을 부리거나, 슈퍼맨이나 스파이더맨처럼 강력한 힘으로 악을 속 시원히 응징한다.

그런데 톡 까놓고 말해서, 이런 영웅은 좀 비현실적이다. 바람과 비를 부르는 도술, 하늘을 날고 지구를 들어 올리는 초능력은 인간의 능력을 벗어나는 영역이기에 순간의 재미로 즐길 수는 있지만 속 깊은 공감을 불러내지는 못한다.

그렇다면 임꺽정이나 장길산은 어떨까? 앞의 영웅들에 비해서는 훨씬 더 가깝게 느껴진다. 그들의 능력이 출중하긴 하지만, 자유자재로 변신하며 공간을 초월하는 비현실성을 지니고 있지는 않으니까. 이 둘은 역사 기록에도 엄연히 남아 있는 실존 인물이다.

우리를 통쾌하게 만들었던 만화 주인공 각시탈도 떠오른다.

허영만이 그린 만화 《각시탈》 표지(왼쪽)와 KBS2 TV에서 2012년 5월 30일에서 9월 6일까지 방영한 드라마 《각시탈》(오른쪽). 주원이 남자 주인공 이강토 역을 맡았다.

그는 우리 민족이 고난받던 일제 강점기 때 일본과 맞서 싸운 영웅이다. 주인공 이강토는 일본 경시청 순사로 조선인을 괴롭히다가 자신의 정체성을 깨닫고 각시탈로 변신해 일본과 맞서 싸우기 시작한다. 여기서 그의 장기는 택견이다.

도술 혹은 초능력을 지녔거나, 엄청난 기계 문명의 도움을 받거나, 빼어난 무술 실력을 가졌거나, 머리가 뛰어나게 좋거나……. 여태껏 우리가 봤던 영웅들은 대개 보통 사람이 아니다. 그렇다면 겉으로는 좀 어수룩해 보여도, 우리가 바라는 바를 속 시원하게 해결해 나가는 '평범한 영웅'은 어디 없을까?

길거리를 가다가 가끔씩 힘없는 아이를 놀리거나 금품을 빼앗는 불량 청소년들을 만날 때가 있다. 우리는 감히 맞짱을 뜰 엄두도 내지 못한 채, 무작정 골치 아픈 상황과 맞닥뜨리지 않으려고 그 자리를 슬금슬금 피하기 바쁘다.

"그 아이한테 왜 그러니?"

이 한마디를 대놓고 못하는 것이다. 상황에 따라 말솜씨로, 또는 은근슬쩍 힘을 과시하며 의협심을 발휘하는 사람이 요즘에는 그리 많지가 않다. 자신의 소박한 신념을 포기하지 않고 권력자에게 끝까지 맞서는……, 그런 의협심에 우리는 많이 목마르다.

나쓰메 소세키의 《도련님》에는 거짓과 간교함에 맞서고자 하는 영웅이 등장한다. 그는 위대한 힘을 지닌 영웅이 아니다. 영웅이라기엔 인간적 약점이 가득하다. 단순하고 무지한 면이 있는가 하면, 막무가내의 모습을 띠고 있기도 하다.

그러나 친근하다. 한없이 순수하고 따스해서, 마치 우리 주변에 있는 사람인 것 같은 느낌이 든다. 물론 요사이는 자신의 이익을 좇느라 비겁하게 살아가는 사람들이 훨씬 많아서 찾기가 쉽기 않을 수도 있지만…….

《도련님》을 집필한 나쓰메 소세키.

나눔과 배려가 부족한 세상에서 사랑을 갈구하고, 불의가 판을 칠 때 정의로운 인간의 등장을 소망하고, 혼란 속에서 새로운 질서를 추구하듯이 우리는 문제투성이 세상에서 그것을 함께 극복해 나갈 수 있는 사람을 만나고 싶은 것이다.

《도련님》은 일본이 근대화를 내세웠던 메이지 시대 속에서 다양한 인간 군상을 그리며 작품 속에서, 또 작품 밖에서 근대 지식인으로 고뇌하며 살았던 나쓰메 소세키의 장편 소설이다.

그는 지금까지 일본의 국민 작가로 불리고 있으며,《도련님》은 일본인들이 가장 사랑하는 소설 중의 하나로 손꼽힌다. 1906년에 발표한 이 소설은 사회의 축소판이라 할 수 있는 '학교'를 배경으로 하고 있다. 거짓에 맞서는 강직하고, 무모하고, 솔직한 주인공의 모험담이 거침없는 입담과 함께 유쾌하게 펼쳐진다. 그리고 키요라는 이해심 넘치는 구시대 인물과 주인공이 이뤄 내는 진실한 관계 속에서 따뜻한 인간의 정을 온몸 가득히 느끼게 한다.


## 막무가내 도련님의 철없는 모험

'나'는 어릴 때부터 대책 없는 성격으로 늘 말썽을 부린다. 친구의 조롱에 화가 난 나머지 학교 이층 창문에서 뛰어내리기도 하고, 새 칼을 친구에게 자랑하다가 손가락을 실제로 긋기도 한

# 일본 최대의 격동기, 메이지 시대

메이지 시대는 한마디로 일본의 근대화 시기라 할 수 있다. 메이지 유신 선포 이후 메이지 천황이 통치했던 1868년부터 1912년까지를 가리킨다. 일본은 12세기부터 메이지 유신이 일어나기 전까지 쇼군이 지배하는 막부 정치를 해 왔다. 쇼군은 원래 동북부 지방에 파견된 군대의 대장을 의미했다. 그러다 12세기 말에 미나모토 요리토모가 천황에게 쇼군의 칭호를 받은 뒤로 최고 실권자를 뜻하기 시작했다.

11세기 말에 중앙의 정치가 불안정해지자, 조정과 귀족들은 무사를 고용해 스스로를 보호했다. 무사들은 점차 권력을 잡으며 무사 계급을 형성했는데, 이들을 흔히 사무라이라고 불렀다. 12세기 말에 미나모토 요리토모가 가마쿠라에 막부를 수립하고 쇼군으로 임명받았다(1192). 미나모토 요리토모는 쇼군이 되어 정권을 장악했고, 천황의 역할은 의례를 담당하는 쪽으로 축소되었다.

그러다 1854년에 미·일 수호 통상 조약을 맺었는데, 이 조약은 외국에 대하여 관세 자주권을 포기하고 치외 법권을 인정하는 일본 최초의 불평등 조약이었다. 이에 막부 정권에 반대하는 세력이 규합하여 천왕 중심의 새로운 정권을 수립했다. 이것이 메이지 유신이다.

메이지 천황을 비롯한 메이지 시대 지도자들은 새로운 신분 질서를 구축하고 토지 제도를 개혁하며 중앙 집권 정치를 펼쳤다. 이때부터 신식 교육을 실시하고 상공업을 장려하면서 근대화를 추진했다. 메이지 시대는 근대 국가로 발돋움하는 시기이기도 하지만, 자본주의 시장을 넓히고자 대륙 침략을 시도하고, 입헌 정치를 요구하는 자유 민권 운동을 탄압한 시기이기도 하다. 우리나라가 일본의 지배를 받게 되는 치욕의 역사도 이 시기와 맞물린다.

메이지 헌법 발포식(왼쪽). 이 의식으로 일본 천황은 허수아비인 국가 제사장에서 명실상부한 국가 원수로 발돋움했다. 2010년에 발행한 한일 병합 기념 엽서(오른쪽). 일본은 한일 (강제) 병합의 정당성을 미화하고 선전하기 위해 사진과 그림, 문양으로 화려하게 치장한 엽서를 발행했다. 활짝 펼쳐진 공작새의 깃털 좌우로 순종과 메이지 천황의 사진이 실려 있다.

# 키요의 실제 모델이 있다고?

나쓰메 소세키를 비롯하여 일본 메이지 시대의 인물들의 자취를 보여주는 만화 《도련님의 시대》(세키카와 나쓰오 글, 다니쿠치 지로 그림) 시리즈가 있다. 나쓰메 소세키의 소설 《도련님》의 창작 과정을 한 축으로 해서, 메이지 시대 말년의 근대 사상과 인물들의 삶을 그려 보이고 있다.

이 책에서 시선을 잡아끄는 한 장면! 바로 소세키가 자신과 쌍벽을 이루는 작가 모리 오가이와 함께 눈길을 거닐며 히구치 이치요의 옛집을 물끄러미 바라보는 대목이다. 그리고 집에 돌아와 '구 일본적 감성', '에도 시대의 활기', '안식' 등의 내용을 종이에 메모하며 《도련님》 속의 키요 할머니를 구상한다.

《도련님의 시대》 '나쓰메 소세키' 편 표지. 소세키가 《도련님》을 쓰던 1905년이 배경이다.

히구치 이치요는 스물네 살의 젊은 나이에 생을 마감한 여성 작가이다. 본명은 히구치 나쓰. 1876년에 도쿄의 하급 무사 집안에서 태어났으며, 어렸을 때부터 책 읽기를 좋아해서인지 일찌감치 문학적인 재능이 돋보였다.

그의 아버지는 원래 농민이었지만 에도 시대의 지배층이었던 무사가 되기 위해 갖은 노력을 기울인 끝에 마침내 신분 상승을 이루었다. 하지만 메이지 유신이 일어나 막부 체제가 무너지면서 이런저런 사업에 손을 댔다가 실패한 뒤 번민에 사로잡혀 죽어 갔다.

아버지가 세상을 떠나고 열여섯 살의 나이에 집안의 가장이 된 히구치는 가족의 생계를 혼자서 떠맡아야 했다. 생활고를 해결하기 위해 《밤 벚꽃》 《매목》 등의 작품을 써서 발표했지만, 한동안은 크게 주목을 받지 못해 돈을 벌지 못하고 전당포까지 드나들며 어렵게 생활했다.

그러다 1896년에 폐결핵과 과로로 스물네 살의 나이로 세상을 떠났다. 그의 대표작 《키 재기》는 구시대의 활기와 메이지 시대의 어둠, 가난과 사치가 교차하는 시대적 배경 속에서 하루하루를 힘겹게 살아가는 소년 소녀들의 모습을 담아내 큰 호평을 이끌어 냈다.

히구치 이치요. 스물네 살에 요절한 여성 문학가

소세키는 일본의 격동기를 지나며 비극적인 삶을 살았던 히구치 이치요의 모습에서 옛 일본의 정감을 잃지 않고 있었던 키요 할머니를 떠올렸는지도 모른다.

다. 밤을 훔쳐 가는 이웃집 아이를 잡다가 밀쳐서 대나무 울타리를 무너뜨리는가 하면, 집에서 공중제비를 하다가 갈비뼈를 부러뜨리기도 한다.

그런 '나'를 모든 가족이 구제 불능이라고 여기지만, 가정부인 키요 할머니만큼은 언제나 두둔하며 칭찬해 준다. "도련님은 욕심이 없고 성격이 올곧아서 좋다."며……

어머니와 아버지가 차례로 돌아가신 뒤, '나'는 형이 나눠 준 돈을 학비 삼아 물리 학교를 졸업하고는 자그마한 섬마을의 수학 교사로 부임한다. 어쩔 수 없이 이별을 하게 된 키요 할머니는 '나'가 집을 살 때까지 조카 집에 머무르겠다고 하며 헤어짐을 못내 아쉬워한다.

학교에서 만난 교사들은 각양각색이다. 속을 알 수 없는 교장 '너구리', 겉으로는 교양과 문화를 떠벌리지만 위선적이고 간교하기 짝이 없는 교감 '빨간 셔츠', 윗사람에게는 덮어놓고 아부부터 하는 미술 선생 '알랑쇠', 어디로 튈지 종잡을 수 없는 수학 선생 '돌풍', 한없이 예의 바르지만 얼굴이 하얗고 힘없어 보이는 영어 선생 '끝물'……

하숙집 주인도 도무지 평범치가 않다. 골동품을 속여 팔려고

《도련님》의 여러 판본들 오른쪽의 두 권은 만화책이다

2006년에 일본에서 공연한 뮤지컬 〈도련님〉.

갖은 애를 다 쓰는가 하면, 자신의 뜻을 이루지 못하자 하지도 않은 말을 지어내 '나'를 쫓아내 버린다. 물론 '나' 역시도 결코 범상치는 않다. 학생들과 쉴 새 없이 티격태격하는데, 학생들 또한 도시에서 온 어리바리 신참 선생을 놀리기에 바쁘다.

튀김 메밀국수를 많이 주문해 먹은 것도, 경단을 두 접시 먹은 것도, 온천에서 수영을 한 것도, 모르는 문제가 있어서 솔직하게 말한 것도 모두가 다 놀림거리다. 급기야 '나'가 숙직하던 날에는 학생들이 이불 속에 메뚜기 떼를 집어넣는 바람에 한바탕 소동이 일어난다.

'나'는 자신의 잘못을 절대로 인정하지 않는 학생들의 비겁한 태도와 빨간 셔츠의 위선적인 면모, 빨간 셔츠에게 달라붙어 아첨만 일삼는 알랑쇠의 치사스런 모습에 하루가 멀다 하고 치를 떨게 된다. 게다가 마을 최고의 미인으로 '마돈나'라 불리는 여자가 끝물과 약혼한 사이인데도 빨간 셔츠의 간교한 술수에 넘어가 약혼자를 배신했다는 이야기까지 듣는다.

빨간 셔츠와 알랑쇠는 눈엣가시 같은 끝물을 학교에서 쫓아내기 위해 갖은 농간을 다 부린다. 끝물의 월급 인상을 빌미로 오지에 전근을 보내는 것도 모자라, 학생들 싸움판에 '나'와 돌풍을 유인해 끌어들이고는 신문에 안 좋은 기사가 나도록 유도하기까지 한다.

그 일로 돌풍은 학교에서 쫓겨나게 되고, '나'는 너구리와 빨간 셔츠로부터 월급을 인상해 줄 테니 그대로 머물라는 회유를 받는다. 나는 의리를 지키기 위해 돌풍과 같이 행동하기로 한다. 그리하여 빨간 셔츠와 알랑쇠를 궁지에 몰아넣기 위해 계략을 세운다. 빨간 셔츠가 가까이 지내는 게이샤와 만나는 현장을 덮치기로 한 것!

돌풍과 '나'는 오랜 기다림 끝에 유곽에서 나오는 빨간 셔츠와 알랑쇠를 잡아서 흠씬 두들겨 패 준 뒤 학교에 사직서를 던지고 섬을 떠난다. 도쿄로 돌아온 '나'는 키요를 다시 만나 소박한 직장을 구한 뒤 조그만 집을 얻는다. '나'와 함께 살게 된 키요 할머니는 크게 기뻐하지만, 안타깝게도 오래지 않아 폐렴을 앓다가 세상을 떠난다.


## 순수함과 따뜻함이 어우러진 인간관계

이 소설은 주인공 '나'가 서술해 가는 1인칭 주인공 시점으로 이야기가 전개된다. 배경은 도쿄와 시코쿠 섬, 다시 도쿄로 이어진다. 도쿄에서 보낸 '나'의 유년 시절을 시작으로 하여 물리 학교를 졸업하고 수학 교사가 되어 섬마을(시코쿠) 중학교에 근무하다가 다시 도쿄로 돌아오는 비교적 긴 시간을 다루고 있다.

섬마을에 교사로 부임하기 전까지는 작품의 도입부로 간략하게 서술하고 있으며, 그 섬에서의 학교생활이 이 소설의 중심 사

# 도련님의 고장, 마츠야마

평소에 메밀국수를 좋아하는 도련님은 학교에 부임한 다음 날, 메밀국수 집에 가서 튀김 메밀국수 사 인분을 한자리에서 먹어 치운다. 그다음 날은 떡집에 가서 경단을 사 먹는다. 그리고 매일같이 빨간 수건을 목에 두른 채 증기 기관차를 타고 가서 온천욕을 즐긴다.

마츠야마는 일본 시코쿠 에히메 현의 현청이 있는 곳으로, 소설 《도련님》의 주인공 '나'가 수학 교사로 부임한 곳이다. 지금은 작품 속에서 '나'가 스쳐 간 장소와 즐긴 음식들이 관광 상품으로 개발되어 많은 사람들의 발길을 끌어 모으고 있다. 자, 빨간 줄무늬 목욕 수건을 목에 두른 채 초록색 열차를 타고 소설 속의 도련님처럼 온천욕을 즐기러 가 볼까?

### 보짱 열차

마츠야마에는 보짱(도련님) 열차가 운행되고 있다. 1888년부터 1954년까지 마츠야마 시내를 다니던 기차는 증기 기관차였다고 하니까, 주인공 '나'가 타고 다니던 기차는 아마도 증기 기관차였을 것이다. 2001년에 관광용으로 제작된 두 대의 보짱 열차가 마츠야마 중심가를 가로질러 도고 온천까지 하루에 예닐곱 차례 왕복하고 있다. 나무로 된 한 량짜리 이 열차는 사실 증기 기관이 아니라 디젤 기관이라고 한다.

### 도고 온천

'나'가 매일같이 찾던 도고 온천은 일본에서 가장 오래된 온천으로 삼천 년의 역사를 자랑한다. 본관 건물은 1894년에 건축되었는데, 영화 〈센과 치히로의 행방불명〉에 나오는 온천장의 모델이기도 하다. '나'는 온천에 사람이 없을 때는 욕탕에서 수영을 즐긴다. 그러다 '수영 금지'라고 적힌 팻말이 붙기에까지 이르는데…… 그 일로 학생들이 칠판에다 "욕탕에서는 수영 금지"라고 써 놓고 놀리게 된다.

**가라쿠리 시계**

1994년에 도고 온천 본관 건축 100주년을 기념하여 가라쿠리 시계가 제작되었는데, 오전 8시부터 오후 10시까지 매시 정각에 소설 속 인물을 본따 만든 인형들이 나와서 춤을 춘다. 마돈나가 가장 먼저 나오고, 뒤이어 다른 등장인물들이 차례로 나타난다. 또 평소에는 2단이던 시계탑이 정각이 되면 3단으로 변신한다. 관광객들은 《도련님》의 등장인물들이 펼치는 공연(?)을 보기 위해 옆에 있는 족탕에서 족욕을 하며 정각이 되기를 기다린다고 한다.

**보짱 당고**

마츠야마 특산물로는 경단이 첫손에 꼽힌다. 경단은 찹쌀가루를 반죽해 그 안에 팥 같은 재료를 넣어 만든 떡의 한 가지다. 소설 속에서 '나'는 마츠야마에 도착하고 며칠 뒤 떡집에 가서 경단 두 접시를 맛나게 먹는다. 다음 날 학생들은 칠판에 "경단 두 접시 7전" "유곽의 경단! 아, 맛있어! 맛있어!"라고 낙서를 해 둔다. 그때 '나'가 앉은자리에서 두 접시를 후딱 비운 마츠야마 경단은 지금 '보짱 당고'라는 이름으로 불티나게 팔리고 있다.

건이 된다.

소설의 서술이 '나'의 관점으로 전개된다면, 제목은 키요 할머니의 시선으로 붙여진 것이라 할 수 있다. 도련님! 일본말로는 '보짱'. '보짱'은 남의 아들을 높여서 부르는 표현이다. 간혹 철부지를 가리킬 때도 쓰인다.

작품 속에서는 구시대의 사고방식을 고수하고 있는 키요 할머니가 주인 아들을 높여 부르는 호칭이다. 따라서 독자인 우리에게는 키요 할머니의 눈에 비친 주인공의 호칭이기도 하고, 순수하지만 막무가내이며 철이 덜 든 젊은이를 가리키는 말이기도 하다. 시시때때로 문제를 일으키는 말썽쟁이지만, 결국엔 애정을 느낄 수밖에 없는 멋진 존재라고나 할까.

《도련님》 영화 포스터. 왼쪽부터 1953년, 1965년, 1977년에 제작된 것이다.

이 작품에서 '나'가 가장 애착을 갖고 있는 인물은 키요 할머니다. 키요 할머니는 어릴 적부터 함께 지낸 가정부다. 원래는 유서 깊은 가문의 출신이지만 메이지 유신 때 몰락하여 남의집살이를 하고 있다. '키요'의 이름은 청(靑, 맑음)이라는 뜻을 갖고 있다.

비록 구시대 인물이지만 정이 넘치며 그릇된 것이 없다. 세상을 떠나기 전날에는 나를 불러 자기가 "죽으면 도련님 가문의 절에 묻어 주세요. 무덤 속에서 도련님 오기를 손꼽아 기다리고 있"겠노라고 말한다. 작품 속에서 유일하게 처음부터 끝까지 흔들림 없이 의리를 지키는 인물이다.

키요 할머니가 '나'를 추켜세우고 따뜻하게 대하는 이유는 구시대적 사고방식 때문만은 아니다. '나'라는 인물이 지닌 순수함과 솔직함을 알아주는 것뿐 아니라, 말썽 부리는 행동 이면의 따뜻한 마음까지 넉넉하게 헤아릴 줄 알아서이다. '나' 역시 겉으로는 한없이 퉁명스럽게 굴지만, 키요 할머니에게만큼은 처음부터 끝까지 깊은 애정과 믿음을 보여 준다.

겉으로는 주인집 아들과 가정부의 관계이지만, 두 사람은 사실 할머니와 손자뻘이다. 도련님과 함께 살기를 바라는 키요 할머니와 형편이 되자마자 키요 할머니를 데려오는 나…… 사람과 사람 사이에서 얼마나 깊은 정이 생겨날 수 있는지를 고스란히 느끼게 해 주는 대목이다.

그것은 낡은 시대의 사고방식을 가진 가정부 할머니의 주인을 향한 충성 같은 말로 간단히 설명하기 어려운 '인정'의 세계이다. 키요 할머니와 '나' 사이의 관계가 신뢰와 헤아림으로 다져진 가족적 애정의 관계라고 한다면, '나'와 다른 세상의 관계는 이해타산적일 뿐 아니라 선과 악의 충돌이라 할 수 있다.

## 남의 것을 빼앗는 자, 속이는 자

"우리 고전 소설의 주제가 가지는 대표적인 특징은 무엇일까?"

이런 질문을 던진다면 학생들은 입을 모아 이렇게 대답할 것이다.

"권선징악!"

착한 일을 권장하고 악한 일을 징계한다. 착한 사람은 복을 받고, 악한 사람은 벌을 받는다는 믿음, 아니 그래야 한다는 신념은 오랜 옛날부터 사람들 마음속에 깊이 아로새겨져 있다.

일본도 마찬가지다. 그러다가 근대로 접어들면서 문학 작품에 권선징악의 주제가 담겨 있으면 왠지 시대에 뒤떨어진 것 같은 느낌을 갖기 시작한다. 그 후로 문학 작품에서 '권선징악'이라는 주제는 찾아보기 어렵게 된다.

근대 이후의 소설들은 시대와 사회 속에서 고민하는 주인공을 그려내거나, 인간 존재에 대한 근원적 물음을 던지거나, 인간 내

신주쿠에 있는 소세키 공원(왼쪽). 소세키는 이곳에서 생을 마감했는데, 지금은 공원으로 바뀌어 있다. 소세키 공원에 있는 흉상(오른쪽).

면에 자리 잡은 갖가지 본성을 파헤친다. 때로는 다양한 가치관의 충돌을 담아내기도 한다. 언젠가부터 정직과 정의, 인간다운 도리가 무엇인지를 추구하는 인간형은 거의 등장하지 않는다.

그런데 일본 근대 소설의 대표작으로 우뚝 선《도련님》에서 우리는 '권선징악'이라는 주제 의식을 다시금 맞닥뜨린다. 물론 고전 소설에서처럼 절대적으로 착한 인간과 끔찍한 악당이 등장하는 것은 아니지만, 간교함과 부정함으로 사람을 속이는 인간형과 인간다움과 공정함을 추구하는 인간형의 대립과 갈등이 작품의 축을 이루게 된다.

자, 그럼 이 소설의 등장인물을 두 부류로 나눠 볼까? 우선 거짓, 위선, 비겁, 간교함으로 얼룩진 인간형의 부류들이다. 대표적인 인물은 바로 빨간 셔츠이다. 겉으로 봐서는 갖출 것을 다 갖춘 인간이다. 당시로는 드물게 4년제 대학을 졸업한 학사이며, 비교적 젊은 나이인데도 학교를 실제적으로 이끌어 가는 교감 자리에 있다. 낚시를 즐기고 문학을 논하며 교육자로서의 교양과 품격을 중시한다.

그런데 실상은 어떤가? 남의 약혼자를 가로채는 것도 모자라

게이샤와 놀아나기까지 한다. 마음에 드는 여자를 얻기 위해 약혼자를 먼 곳으로 전근 보내는 술수까지 서슴지 않는다. 심지어는 학생들의 싸움을 말리려던 '나'와 돌풍을 함정에 빠뜨려 폭력 선생으로 둔갑시키는 속임수까지 쓴다.

알랑쇠는 권력에 빌붙어 아부하는 인간의 전형이다. 사사건건 빨간 셔츠를 편들면서 그의 악행을 돕는다. '나'가 하숙집 주인의 골동품을 잘 사지 않자 거짓말을 해서 몰아낸 첫 번째 하숙집 주인이나, 장난을 치고도 솔직하게 잘못을 인정하지 않는 학생들도 비겁한 인물들의 대열에 속해 있다.

반면에 선한 의지를 지닌 인간의 부류는 '나'를 비롯하여 돌풍과 끝물 등이다. '나'의 장점은 키요 할머니의 시선을 통해 잘 드러난다. 겉으로는 막무가내 정신으로 똘똘 뭉친 철부지인 것 같지만 거짓이라고는 티끌만큼도 없이 솔직하고 담백하다.

이래저래 피해를 보는 끝물에게는 끝없는 연민을 느끼고, 자신을 감싸고 이해하는 키요 할머니에게는 혈육 같은 애정을 느끼며, 불의 앞에서는 그 어떤 불이익을 당하더라도 참지 않을 만큼 의협심이 넘치는 성격이다.

돌풍은 별명처럼 다혈질인 데다 옳지 않거나 정당하지 못한 것을 보고는 결코 가만있지 않는다. 언뜻 '나'와 비슷한 성격을 지니고 있는 듯이 보인다. 그러나 조금 더 논리적이며 사태 파악을 잘해 내는 편이다. 돌풍이 없었다면 '나'의 섬 생활은 더욱더 고독했을 뿐 아니라, 빨간 셔츠와 알랑쇠를 향한 복수가 맥없이 진행되었을지도 모른다.

끝물은 바르지 않은 일을 마주하고도 저항은커녕 스스로 불이익을 감수하면서까지 양보와 배려 쪽으로 기우는 착한 인물의 전형을 보여 준다. 도덕군자 같은 성품을 지닌 데다 늘 세의 바드

지만 번번이 빨간 셔츠의 술수에 넘어가 억울한 일을 당한다. 약
혼녀를 빼앗아 간 빨간 셔츠를 찾아가 당당하게 따지지도 못하
며, 원하지 않는 전근을 앞두고도 문제 제기를 하지 못한다.

어쩌면 권력자에게 무참하게 당하고도 차마 대항하지 못하는
대다수 사람들의 모습일지도 모른다. 그러나 착한 심성을 알아
보고 그 억울함에 공감하는 '나'와 돌풍이 있기에 아주 외롭지만
은 않을 듯하다.

## 키요와 마돈나, 여성의 두 얼굴

작품을 언뜻 봐서는 남성들이 주로 이야기를 이끌어 가는 듯
이 보인다. 하지만 그 속을 찬찬히 들여다보면, 큰 줄기는 여성인
키요 할머니와 마돈나를 따라 흘러간다는 것을 알 수 있다.

키요 할머니는 '나'라는 인물의 진면목을 이해하게 해 주는 역
할을 하지만, 마돈나는 작품에 구체적으로 그 실체가 드러나지
는 않는다.

다만 '나'가 기차를 타고 온천에 가는 길에 우연히 만난 적이

# 소세키는 안중근 의사를 어떻게 생각했을까?
# 새롭게 조명되는 소세키의 소설 《문》

안중근 의사는 1909년에 이토 히로부미를 하얼빈에서 사살하고, 1910년 2월에 사형 선고를 받은 뒤 3월 26일에 뤼순 감옥에서 사형을 당한다. 나쓰메 소세키는 일본의 정치 지도자를 저격한 한국인 독립 운동가를 어떻게 생각했을까?

친구의 아내를 사랑한 이야기 《문》

안중근 의사의 사형 선소식이 전해지던 때, 소세키는 〈아사히 신문〉에 《문》이라는 소설을 연재하고 있었다(1910년 3월 1일~6월 12일). 《문》은 친구를 배반한 후 죄의식을 느끼며 살아가는 남자의 어두운 내면을 그린 소설이다. 주인공 소스케는 관청에서 하급 관리로 일하며, 아내 오요네와 조용하게 살아간다. 절벽 아래의 햇빛이 들지 않는 셋집에서 '세상의 햇빛을 보지 못하는 사람이 견딜 수 없는 추위에 서로 껴안아 몸을 녹이는 식으로 서로를 의지하며' 살아가고 있다.

아버지의 유산을 가로챈 친척에게 항의 한번 제대로 하지 못한 채 우유부단한 삶을 살아가는 이 부부는 왠지 세상과 한참 동떨어진 듯이 보인다. 사실 그들은 부모와 친척, 친구, 사회로부터 버림받은 존재들이다. 사랑을 택할 것인가, 도덕을 따를 것인가를 두고 번민에 번민을 거듭한 끝에 사랑을 택한 부부는 '스스로가 만든 과거라는 어둡고 커다란 구렁텅이 속에 빠져' 죄책감을 안은 채 고독을 나누며 살고 있다. 소스케의 아내 오요네는 원래 친구 야스이의 아내였다. 말하자면 두 사람은 남편과 친구를 배반하고 불륜을 저지른 후 부부가 된 것이다.

우리 민족의 적 이토 히로부미를 사살한 안중근 의사

그런데 이 작품에 안중근 의사의 의거가 반영되었다는 주장이 있다. 사건과 관련 있는 대화가 상세히 그려지고 있을 뿐 아니라, 친구의 아내를 빼앗은 행동이 우리나라를 침략한 일본의 모습과 겹친다는 것이다. 즉 소설 속 소스케 부부는 일본 국가주의의 진영이고, 야스이는 침략의 피해자 조선을 상징하는 셈이다. 아내를 빼앗긴 야스이의 한자 표기가 '안'이라는 사실에서 안중근과의 관련성을 찾는 일본 학자도 있다.

이토 히로부미

1966년에 일본 TBS에서 방영한 드라마 〈도련님〉 속의 키요 할머니와 '나'.

있기는 하다. 머리를 뒤로 넘긴 '최고의 미인'이라고 묘사되어 있지만, 어떤 말을 하거나 행동을 그려낸 부분은 없다. 주변 사람들의 대화를 통해서만 부각이 되며, 빨간 셔츠가 악행을 저지르게 되는 데 주요한 계기가 되는 인물이다.

키요 할머니가 에도 시대에 몰락한 무사의 딸로 저물어 가는 시대를 대표하는 인물이라면, 마돈나는 별명에서조차 서구의 냄새를 풀풀 풍기는, 이른바 새로운 시대의 여성이다. 키요 할머니가 오랜 삶 속에서 인생을 헤아리는 지혜를 갖게 된 노인이라면, 마돈나는 사람을 제대로 볼 줄 모르며 겉으로 보이는 것에 쉽사리 마음이 흔들리는 젊은 여성이다.

비록 얼굴은 푸스스하지만, 이렇게 괜찮은 사내를 버리고 빨간 셔츠한테 달라붙다니! 마돈나라는 여자도 참 한심하기 짝이 없다.

뿐만 아니라 키요 할머니는 한결같이 '나'를 응원하고, 죽어서도 우리 가문의 묘지에 묻히고 싶다는 일관된 마음을 보인다. 그러나 마돈나는 현란한 말재주를 가진 위선자 빨간 셔츠에게 홀딱 넘어가 오래전에 약혼한 남자를 한순간에 저버린다. 키요 할머니는 '나'에게 고향 같은 존재로서 안식을 가져다주지만, 마돈나는 바람결에 흔들리는 갈대 같은 성품이어서 믿음을 가질 수 없다.

키요는 정말 대단하다는 생각이 들었다. 교육도 받지 못한 할머니지만 인간적으로는 충분히 존경할 만했다. 여태 그렇게 도움을 받고도 그리 고마운 생각이 들지 않았는데, 이렇게 홀로 타향에 떨어져 살다 보니 비로소 그 고마움이 절절히 다가왔다.

우리는 두 여성의 모습을 보면서 사라져 가는 옛 일본과 아직 자리 잡지 못한 채 불안한 근대의 일본을 떠올리게 된다. 어쩌면 작가는 이 작품을 구상하면서 일본의 이중적인 모습을 담아내고 싶었을지도 모른다. 키요 할머니를 메이지 시대가 들어서면서 몰락한 에도 시대의 무사 집안 출신으로 설정한 데서 그런 생각을 엿볼 수 있다.

'나'와 키요 할머니의 관계는 구시대의 주종 관계와 유사하다. 키요 할머니가 잠시 조카 집에 머무를 때 나를 맞이하는 태도 또한 옛 상전을 대하는 것과 똑같다.

물론 작가가 근대 이전의 주종 관계나 봉건 성향을 찬양하거나 그리워한 것은 아니다. 다만, 영국의 런던에서 유학 생활을 하는 동안 서구 문명의 거대함과 동양인에 대한 서구인의 오만함을 몸소 겪으면서 일본인으로서의 정체성과 일본적인 것의 아름다움에 대해 깊이 생각했을 듯하다.

마츠야마에서 소세키가 살던 집. 소세키는 마츠야마 중학교에 영어 교사로 부임해 학생들을 가르쳤는데, 이때의 경험이 《도련님》의 배경이 되었다.

# 천 엔짜리 지폐 속의 나쓰메 소세키

나쓰메 소세키는 한때 일본의 천 엔짜리 지폐에 실렸던 인물이다. 2004년에 새로 발행된 지폐에서는 세균학자인 노구치 히데요의 얼굴로 바뀌었지만, 아직까지 구권이 쓰이고 있어서 마음만 있다면 직접 볼 수도 있다.

그의 얼굴이 등장하기 이전의 천 엔짜리 지폐에는 안중근 의사에게 살해된 이토 히로부미의 초상이 실려 있었다. 이토 히로부미는 일본의 근대화에 기여해 일본의 정치가로서는 유명한 인물이지만, 우리에게는 1905년의 을사조약 이후 초대 통감으로서 강제로 한일 병합을 추진한 원흉이다.

오천 엔짜리 지폐에는 젊은 나이에 세상을 떠난 여성 작가 히구치 이치요가, 일만 엔짜리 지폐에는 메이지 시대 중기의 계몽 사상가이자 게이오 대학 창설자인 후쿠자와 유키치의 초상이 실려 있다. 그는 일본이 서양과 친밀해져야 한다는 주장을 내세우며, 중국이나 한국하고는 관계를 단절해야 한다는 '탈아시아론'을 펼쳤다. 그러고 보니 지금 일본의 지폐 속 인물들은 대부분 1800년대 후반에 태어나 근대의 격동기 속에서 살다 간 사람들이다.

일본의 오천 엔짜리 지폐에 초상화가 실린 히구치 이치요(왼쪽)와 천 엔짜리 지폐 속의 나쓰메 소세키(오른쪽).

　　새로운 세대의 대표 주자이자 아름다움과 도도함 그 자체인 마돈나는 수많은 남성들이 선망하고 동경하는 대상이다. 부드럽고 온화한 키요 할머니와는 엄연하게 결이 다르다. 시들어 가는 키요 할머니와 달리 생동감 넘치는 존재라 할 수 있다. 대신에 키요 할머니가 가지고 있는 편안함이나 위안, 그리고 안식을 주지는 못한다.

시시때때로 다른 사람의 마음을 휘젓고 고통에 빠뜨리며 분란을 일으킨다. 어쩌면 메이지 시대의 지식인이었던 작가에게는 서구의 근대 문명이 마돈나처럼 새롭고 화려하면서도 차갑디차가운 존재이지 않았을까?

우리나라의 근대 지식인 최남선이 〈해에게서 소년에게〉라는 시에서 무섭게 몰아치는 신문명을 바다로 표현한 것이나, 김기림이 〈바다와 나비〉에서 한 마리 나비가 바다의 격랑에 놀라는 모습이 겹치며 떠오르는 것도 그런 까닭이리라.

우리나라에 신체시를 처음으로 소개한 최남선과 우리나라 최초의 신체시 〈해에게서 소년에게〉.

## 거짓 세상을 조롱하며 비판하다

우리 주변에서 힘센 사람이 약한 사람을 놀리며 모욕할 때는 으레 분노가 치민다. 누군가 힘없는 사람이나 장애를 가진 사람을 웃음거리로 삼아 이야기하면, 그 사람의 얼굴을 한 대 쥐어박고 싶은 충동에 휩싸인다.

가끔씩 친구들이 얌전한 친구를 무시하며 우스갯소리를 마구 던질 때가 있다. 아무 생각 없이 따라 웃는 사람도 있긴 하지만, 곰곰이 생각해 보면 그런 것은 절대로 유쾌한 웃음거리가 될 수가 없다. 누군가를 조롱하거나 비아냥거렸을 때 호탕하게 웃음을 자아내거나 시원스러운 공감을 불러일으키는 까닭은, 조롱이나 비아냥의 대상이 커다란 힘을 지니고 있거나 불의한 일을 서

게이샤. 《도련님》에서 '나'와 돌풍은 유곽에서 게이샤와 머물다 나오는 빨간 셔츠와 알랑쇠를 붙잡아 복수를 한다.

질렀거나 위협적인 존재일 때이기 때문이다.

이 작품이 주는 웃음은 상대의 잘못된 부분을 폭로하고 비꼬고 조롱하고 비판하는 풍자에서 말미암는다. 풍자를 말뜻 그대로 풀이하면 '빙 돌려서 찌른다'는 뜻이다. 문학에서 풍자의 어원은 '가득히 담긴 접시'라는 뜻으로, 라틴어 'lanx satura'에서 비롯된 것이다. 나중에는 '인간의 어리석음과 불합리함을 조롱하기 위해 여러 주제를 다룬 것'을 뜻하는 말로 바뀌게 된다.

이런 풍자의 장치를 위해 직설적이고 솔직 담백한 주인공을 설정한 것은 참으로 효과적이라 할 수 있다. 자기 생각을 거르지 않고 말할 수 있기에 여러 등장인물의 위선이나 간교함이 여지없이 폭로된다.

'나'가 숙직할 때 메뚜기를 모기장에 넣은 학생들의 처벌에 대해 회의하는 장면을 들여다볼까? "너구리는 늘 하던 대로 자신이 교육에 목숨을 바친 귀신이라도 되는 양 잔뜩 허세를 부리며"라고 표현하는가 하면, "부덕의 소치"라 말하는 교장을 보며 이렇게 꼬집는다.

나는 교장의 말을 듣고 과연 너구리답다는 생각을 했다. 한편으로는 말을 참 멋지게 한다는 생각이 들기도 해서 감탄이 비어져 나왔다. 교장이 스스로 부덕의 소치라 여기며 진심으로 자책을 한다면, 학생들에게 굳이 벌 같은 거 주지 말고 본인이 옷을 벗으면 되는 일 아닌가? 그러면 이렇게 귀찮은 회의 같은 것도 안 해도 될 텐데.

또, 빨간 셔츠가 교사는 고상한 정신적 오락을 추구해야 한다고 열을 내며 떠들 때는 이렇게 반응한다.

바다로 나가 비료를 낚아 올리고, 고루키가 러시아 소설가로 변신하고, 친한 게이샤가 소나무 아래 서 있기도 하고……. 오래된 연못에 개구리가 풍덩 뛰어드는 것이 정신적인 오락이라면, 튀김 메밀국수나 경단을 먹는 것도 정신적 오락이다. 그런 별 볼일 없는 오락보다는 빨간 셔츠라도 빠는 게 천만 배는 나을걸.

이렇게 곳곳에서 '나'의 직설적이며 조롱 가득한 서술이 인물들의 실상을 적나라하게 보여 준다. 단지 서술만이 아니다. 그의 거침없는 행동 또한 우리를 시원하게 해 준다. 빨간 셔츠의 장황한 연설 뒤에 벌떡 일어나 "마돈나를 만나는 것도 고상한 취미냐?"고 묻는 것이며, 월급을 올려 준다는 빨간 셔츠의 속셈을 알아채고는 단박에 거절하는 모습이며, 게이샤와 놀다 나오는 빨간 셔츠를 덮치면서 영양을 보충하려고 샀던 달걀을 알랑쇠에게 던지는 행동이며…….

# 소세키 사망 100주기의 드라마들

일본 근대 문학의 대표작답게 《도련님》
역시 여러 차례 드라마나 영화, 연극으로
만들어졌다. 최근에는 나쓰메 소세키 사
망 100주기를 맞아 후지 TV와 NHK 등에
서 《도련님》 드라마가 만들어졌다.
후지 TV의 《도련님》은 원작 《도련님》을
거의 그대로 살려 내었으며, NHK의 《죽
어 버려 도련님》은 《도련님》 그 후의 이
야기를 담아내고 있다.
일본인들이 사랑하는 작가의 작품이기에
주인공 역할도 널리 인기를 얻고 있는 스
타가 맡았다. 후지 TV 《도련님》의 주연은

후지 TV에서 방영한 청춘 드라마 《도련님》의 포스터(왼쪽)와 NHK BS
프리미엄 드라마 《죽어 버려 도련님》의 남녀 주인공 카츠지 료와 타키
모토 미오리(오른쪽).

일본 아이돌 그룹 '아라시' 멤버인 니노미야 카즈나리이며, 《죽어 버려 도련님》에서는 유명 배우 카츠
지 료가 주인공을 맡았다. 여기서 카츠지는 빨간 셔츠의 손자로 등장한다.

이것저것 재고 따지는 사람들은 차마 하지 못하는 속 시원한
행동들이다. 간사한 인간들로 인해 한없이 답답해졌던 가슴속이
'도련님'의 거침없는 행동으로 뻥 뚫리는 순간이다.

악한 인간들을 자기 나름대로 응징하고 섬을 떠난 '도련님'은
도쿄로 돌아와 일자리를 구하고 월급으로 25엔을 받는다. 키요
할머니를 데려와 살게 된 집의 집세는 6엔. 섬에서 받은 월급은
40엔인 데다 하숙비는 10엔가량이었는데…….

40엔의 월급이 하찮다고 툴툴거리던 도련님이, 일등칸 기차를
타고 매일 온천에 가서 목욕을 하던 도련님이 겨우 25엔의 월급
으로 키요 할머니를 부양하며 생의 마지막을 평화롭게 마무리할

수 있도록 차분히 이끈다. 이제 더 이상 철부지 '도련님'이 아닌
것이다.

## 메이지 시대의 격동 속에서 살다 간 작가

나쓰메 소세키는 1867년 2월 9일, 지금 도쿄의 번화가인 신주
쿠 구인 에도의 우시고메에서 태어났다. 본명은 나쓰메 긴노스
케이다. 5남 3녀 중 막내로 태어났는데, 당시 아버지는 쉰 살인
데다 어머니는 마흔한 살이어서 늦둥이나 다름없었다. 그래서
그런지 어렸을 때는 나이가 많은 어머니를 몹시 부끄럽게 여겼
다고 한다.

소세키가 태어난 지 일 년 후에 메이지 유신이 일어나 일본은
근대로 막 접어들기 시작한다. 바야흐로 그의 삶은 격동의 근대
와 함께 시작한 셈이다.

그는 어렸을 때 아버지와 친분이 있던 사람의 양자로 갔다가,
그 집안의 불화와 이혼 등으로 다시 본가로 돌아오는 아픔을 겪
는다. 하지만 어려운 생활 가운데서도 공부를 열심히 한 덕분에
도쿄부 제1중학과 예비 학교인 영학숙 세리이쓰 학사 등을 거쳐
도쿄제국대학 영문과에 입학한다.
이때 마사오카 시키를 만나 우정을
나누며 문학적인 영향을 받는다. 소
세키라는 이름도 시키의 여러 필명
중 하나였다고 한다.

도쿄제국대학을 졸업하는 1893년
무렵에는 형을 비롯한 가족의 연이

소세키가 근무했던 구마모토의 제5고등학교.

은 죽음으로 우울증에 빠지면서 신경 쇠약 증세를 보인다. 그러다 마사오카 시키의 도움으로 마츠야마 중학교에서 교사 생활을 하게 된다. (마츠야마는 시키의 고향이다.) 마츠야마 중학교에서의 생활은 훗날《도련님》을 쓰게 되는 바탕이 된다.

1896년에는 구마모토 대학의 전신인 구마모토 현 제5고등학교에 영어 교사로 부임하고 나카네 교코와 결혼식을 올린다. 1900년에는 일본 문부성 국비 유학생으로 영국으로 유학을 떠난다. 그러나 영국에서의 유학 생활은 평탄치가 않았다. 서구 사회에서 동양인으로 겪는 위화감과 인종 차별로 깊은 고립감에 빠지게 된다.

삼 년 뒤, 일본으로 돌아와 도쿄제국대학에서 학생들에게 강의를 하며 신경 쇠약을 치료하기 위해 소설을 쓰기 시작한다. 고양이의 눈으로 세상을 바라보는《나는 고양이로소이다》와 의협심 강한 도련님을 그려낸《도련님》등의 작품을 발표하면서 큰 호평을 얻는다. 그에 힘입어 1907년부터는〈아사히 신문〉사에 입사하고는 본격적으로 창작 활동에 몰두한다.

그는 신경 쇠약과 함께 위궤양 때문에 크게 고생을 했는데, 병을 앓으면서 작품 세계에서도 조금씩 변화를 보인다. 초기 작품인《나는 고양이로소이다》와《도련님》이 풍자적이고 해학적이라면, 후기 작품에 속하는《피안이 지날 때까지》《행인》《마음》은 주로 인간의 내적 갈등을 다루고 있다.

소세키가 마츠야마 중학교에 부임했을 때 하숙하던 집의 터. 몇 해 전에 자연재해로 무너지고 지금은 그 자리에 '구다부츠안'이라는 새 건축물이 들어서 있다.

평생을 괴롭히던 위궤양에 당뇨병
까지 겹치면서, 그는 1916년 9월 12월
에 홀연히 세상을 떠난다. 그의 주검은
도쿄제국대학 의학부 해부실로 옮겨
졌는데, 이때 적출한 뇌는 학교에 기증
되어 아직까지 그대로 보관되고 있다.

그의 삶은 일본의 근대기인 메이지
시대와 묘하게 겹쳐 있다. 메이지 시대
는 일본의 근대화 시기이며 대내외적
인 격동기이다. 에도 막부의 붕괴로 인
한 새로운 시대의 시작, 서양 문명의
보급과 산업의 발달, 제국주의 일본의

소세키가 영국에서 유학할 때 가장 오래 머물렀던 하
숙집. 지금은 소세키 기념관으로 바뀌었으며, 소세키
가 유학하던 시절의 자료가 전시되어 있다.

성립, 한국을 비롯해서 중국과 러시아 등 주변국에 대한 침략과
충돌……. 개인적인 그의 삶도 격동으로 이어졌다. 집안의 몰락
과 양자 생활, 본가로 복적, 가족의 잇단 죽음, 가족 부양의 책임,
몸과 마음의 질병…….

그는《도련님》의 주인공처럼 단순하고 우직한 삶을 살지는 못
했다. 몰아닥치는 서구 문명의 한복판에선 일본인으로, 지식인
으로, 작가로 고뇌하며 살아야 했다. 그러나 '일본 근대 문학의
선구자'로서 '일본의 셰익스피어'라는 찬사를 받으며, 2000년에
〈아사히 신문〉에서 독자를 대상으로 조사한 '천 년 동안 가장 인
기 있는 문학가'에 1위로 선정되기도 했다. 그가 세상을 떠난 지
백 년이 넘었는데도 여전히 일본 최고의 작가로 우뚝 서 있는 것
이다.

푸 른 숲
징 검 다 리
클 래 식
0 2 3

# 도련님

**첫판 1쇄 펴낸날** 2017년 3월 24일
　　　**4쇄 펴낸날** 2024년 1월 25일

**지은이** 나쓰메 소세키　**옮긴이** 양억관
**펴낸이** 김혜경　**편집인** 김수진
**주니어 본부장** 박창희
**편집** 강정윤 정예림 강민영
**디자인** 전윤정 김혜은
**마케팅** 최창호 임선주
**경영지원국** 안정숙
**회계** 임옥희 양여진 김주연

**펴낸곳** (주)도서출판 푸른숲
**출판등록** 2003년 12월 17일 제2003-000032호
**주소** 경기도 파주시 심학산로 10, 우편번호 10881
**전화** 031) 955-9010　**팩스** 031) 955-9009
**인스타그램** @psoopjr　**이메일** psoopjr@prunsoop.co.kr
**홈페이지** www.prunsoop.co.kr

ⓒ푸른숲주니어, 2017
ISBN 979-11-5675-135-9　44830
　　　978-89-7184-464-9 (세트)